CONCLUSIONS

POUR

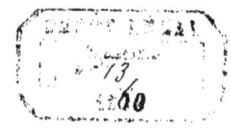

M. J. VAYSON, *intimé;* Me Mitiffeu.

CONTRE

M. Max. VAYSON, *appelant.* Me Machart.

Il plaira à la Cour :

Considérant en fait qu'il est constant au procès, que Jean Vayson a pris, au commencement de l'année 1850, la suite des affaires de Maximilien Vayson, son oncle, c'est-à-dire l'exploitation : 1° de la fabrique ou manufacture de tapis d'Abbeville, désignée aussi sous le nom des Villancourt ; 2° de la filature de Pont-Remy.

Que jusqu'à cette époque, dans cette double exploitation, la filature de Pont-Remy travaillait à façon pour la manufacture d'Abbeville; que la filature avait conséquemment son compte particulier, dont le solde était reporté à l'inventaire de la manufacture.

Considérant que, dès 1846, Jean Vayson, qui n'avait alors que 18 ans, faisait, sous les yeux de son oncle, fabriquer des tapis pour son compte personnel par des ouvriers anglais.

Qu'en 1848, il succédait au sieur Delétoile, comme directeur de la fabrique d'Abbeville, et qu'enfin, en 1850, se réalisait le projet depuis longtemps arrêté de lui faire prendre la suite des affaires de Maximilien Vayson.

Qu'il est presque superflu de dire que si Maximilien Vayson n'avait pas eu alors pour son neveu, Jean Vayson, une affection toute paternelle, il ne se serait pas choisi pour successeur un jeune homme de 22 ans, sans fortune personnelle, et que ce choix à lui seul démontre déjà d'une manière certaine que c'est une pensée de libéralité qui a présidé au double changement qui s'est opéré à cette époque dans la position de l'oncle et dans celle du neveu.

Qu'au surplus l'affection de Maximilien Vayson et de sa femme pour Jean Vayson avait acquis depuis longtemps, à raison de leur position dans le monde et de leur état de fortune, une notorité trop éclatante pour qu'il soit nécessaire d'insister sur ce point, et qu'il suffit de dire qu'aux yeux de tous, Jean Vayson était l'enfant adoptif de son oncle et de sa tante.

Qu'il n'y a eu aucune différence apparente sous ce rapport entre les deux bienfaiteurs de Jean Vayson, jusqu'au décès de Mme Maximilien Vayson qui est décédée en 1856, (14 juillet), instituant le neveu de son mari pour son légataire universel.

Mais qu'après cet événement, Maximilien Vayson, agissant sous l'influence de parents habitant le midi de la France, n'a pas seulement répudié la paternité adoptive à laquelle il était jusque là resté fidèle, et n'a pas seulement cessé de donner à son neveu de nouvelles marques de sa libéralité, mais que par degrés il en est arrivé à vouloir ressaisir ce qu'il avait donné, dùt-il, du même coup, ruiner celui qu'il avait enrichi et manquer à la mémoire d'une femme dont la volonté avait été de moitié dans tout ce qu'il avait fait pour son neveu.

Que tel serait en effet pour Jean Vayson, le résultat des prétentions de Maximilien Vayson, si elles pouvaient être accueillies, qu'il verrait s'écrouler une position commerciale au succès et à la conservation de laquelle il a consacré depuis dix ans toute son activité personnelle et toutes ses ressources, et que les bienfaits de son oncle, n'auraient abouti pour lui qu'à la plus regrettable et à la plus amère des déceptions.

Qu'il vaudrait mieux, à tous égards, pour Jean Vayson, n'avoir jamais eu l'affection de son oncle, et n'avoir jamais reçu de lui la moindre libéralité, s'il était possible à Max. Vayson, en reprenant ce qu'il a donné, de briser son avenir et de le rendre plus malheureux cent fois que s'il n'eût pas assumé la lourde succession des affaires d'Abbeville et de Pont-Remy.

Qu'il est impossible de s'expliquer, d'ailleurs, comment Maximilien Vayson, deux fois millionnaire en dehors de ce qu'il revendique aujourd'hui, qui se plaît lui-même à rappeler qu'en 1855 il voulait que son neveu eût une dot de 11 à 1200 mille francs, a pu se décider à revenir sur des libéralités qui, bien qu'importantes en elles-mêmes, ne peuvent avoir pour lui, au point de vue pécuniaire, un intérêt véritablement sérieux.

Qu'il est à remarquer, au surplus, que ces prétentions si imprévues ne pouvaient se produire à Abbeville, sans y causer une émotion générale, et que c'est du fond de la retraite qu'il s'est choisie dans le Midi, que l'appelant a essayé de les faire prévaloir.

Considérant que ce revirement étrange s'est enfin traduit par un premier procès porté par M. Maximilien Vayson devant le tribunal de commerce d'Abbeville.

Que, par un exploit du 30 mars 1858, Maximilien Vayson a fait signifier brusquement à Jean Vayson *qu'il révoquait toutes les déclarations qu'il pouvait avoir faites à ce dernier, sous quelque forme et à quelque titre que ce fût, les considérant comme non avenues.*

Qu'ensuite, et par un autre exploit du 1er juillet 1858, il a fait assigner Jean Vayson devant le tribunal de commerce d'Abbeville:

1° En paiement d'une somme principale de 309,737 fr. 94 c., avec les intérêts à compter du 31 octobre 1856.

2° En reddition d'un compte de gestion pour la filature de Pont-Remy, depuis juin 1850 jusqu'au 13 août 1856.

3° En apurement du compte courant d'entre les parties.

Considérant que, par un jugement du 20 août 1858, le tribunal a renvoyé les parties devant un juge, tant pour l'examen des comptes réclamés, que pour la vérification du point de savoir si les livres et écritures de Jean Vayson établissaient, suivant la prétention de ce dernier, soit que le compte de la gestion de Pont-Remy dût s'arrêter au 31 mars 1855, soit que la prétention de Maximilien Vayson, relativement aux 309,737 fr. 94 c., dût être rejetée.

Qu'il résulte du procès-verbal qui a été dressé par le greffier : 1° que Maximilien Vayson n'a élevé aucune critique sur les écritures tenues pour la filature de Pont-Remy ; 2° qu'en ce qui concerne le compte courant, il a demandé seulement que l'on portât à son crédit des loyers pour les bâtiments des Villancourt, puis a déclaré abandonner cette prétention ; d'où il suivait qu'il n'y avait plus de contestation soulevée de la part de Maximilien Vayson, soit à l'égard du compte courant, soit à l'égard du compte de Pont-Remy.

Mais que de son côté, Jean Vayson a demandé que l'on portât au débit du compte de Maximilien Vayson une somme de 37,210 fr., reçue par ce dernier pour son neveu.

Que les parties ayant été renvoyées a l'audience, Maximilien Vayson a conclu au paiement : 1° des 309,737 fr. 94 c. et intérêts; 2° de la somme représentative du bénéfice de Pont-Remy du 31 mars 1855 au 15 août 1856.

Qu'il en a en même temps conclu au rejet de la demande reconventionnelle de Jean Vayson.

Que ce dernier, de son côté, à conclu à ce que Maximilien Vayson fût déclaré non recevable et mal fondé dans les deux chefs de ses conclusions.

Qu'il a demandé d'ailleurs que le débit de Maximilien Vayson fût augmenté : 1° d'une somme de 10,000 fr., en or, provenant de la succession de Mme Maximilien Vayson ; 2° de celle de 11,790 fr. remise au banquier de Mme Vayson avant son décès contre des valeurs encaissées depuis par Maximilien Vayson.

3° Celle de 15,428 francs, représentant d'autres valeurs appartenant à Mme Vayson, et remises par le banquier de celle-ci à Maximilien Vayson.

Qu'il a conclu, en conséquence, à ce que le reliquat du compte fût fixé, au profit de Jean Vayson, à la somme de 29,125 fr. 70 c., et à ce que Maximilien Vayson fut condamné à payer cette somme avec intérêts de droit.

Que, subsidiairement, M. Jean Vayson déférait le serment décisoire à Maximilien Vayson, relativement aux deux sommes de 10,000 fr. et de 11,790 fr., et pour le cas où le serment prêté aurait pour conséquence de libérer Maximilien Vayson, il concluait à ce que le reliquat du compte fût fixé à 7,335 fr. 70 c., et à ce que Maximilien Vayson fut condamné à payer cette somme avec les intérêts de droit.

Considérant que, sur cette délation de serment, Maximilien Vayson, invoquant son âge et l'état de sa santé, a fait demander au tribunal de commettre le tribunal du lieu de sa résidence pour recevoir son serment.

Considérant qu'un jugement contradictoire, en date du 10 décembre 1858, a déclaré Maximilien Vayson non-recevable dans sa demande en paiement des 309,737 fr. 94 c. et en reddition de compte de la gestion de Pont-Remy, à dater du 31 mars 1855.

Que ce même jugement admet la réclamation faite par Jean Vayson d'une somme de 15,420 fr., et condamne Maximilien Vayson à payer cette somme sous la déduction de celle de 8,084 fr. 30 c. dont Jean Vayson se reconnaissait débiteur, c'est-à-dire un solde de 7,335 francs 70 c.

Qu'à l'égard des deux autres sommes de 10,000 fr. et de 11,790 fr. le tribunal a admis le serment déféré par Jean Vayson, et a sursis à statuer jusqu'à ce que ledit serment ait été prêté devant le tribunal de Carpentras. (1)

Qu'il s'agit, sur l'appel interjeté par Maximilien Vayson, d'apprécier le mérite de ces décisions.

En ce qui touche la somme de 309,737 f. 74 c. dont Maximilien Vayson réclame le paiement et les intérêts:

Considérant qu'il est essentiel de relever ici les faits qui caractérisent la situation des parties au commencement de l'année 1850,

(1) Voir le texte de ce jugement à la suite des présentes conclusions.

époque à laquelle Jean Vayson a succédé à son oncle, dans l'exploitation de la manufacture d'Abbeville ou des Villancourt, et de la filature de Pont-Remy.

Que l'on trouve, au livre-journal, un résumé d'inventaire, au bas duquel est la mention suivante, signée de Maximilien Vayson, et portant la date du 28 février 1850.

Que cette mention, dont le libellé est de Maximilien Vayson lui-même, est ainsi conçue :

« Il résulte du résumé ci-dessus que l'actif net, d'après les évaluations détaillées à l'inventaire, en marchandises, créances, effets en » porte-feuille, etc., s'élève à la somme de 519,054 fr. 86 c., que » je confie à mon neveu, Jean Vayson, à qui j'ai cédé la suite de » mes affaires, d'après l'arrangement signé entre nous au bas de » l'inventaire détaillé, relaté ci-dessus, lequel règle l'importance et » la valeur du matériel de la fabrique et de la filature de Pont- » Remy, duquel capital il me servira les intérêts, ainsi que cela se » trouve constaté par ledit arrangement. »

Qu'il faut dire, tout de suite, que l'on ne trouve pas, au bas de l'inventaire, l'arrangement signé, auquel il est fait allusion dans l'écriture que l'on vient de transcrire.

Mais qu'il n'a jamais été méconnu par Maximilien Vayson, que c'est par son ordre que cette mention a été transcrite ainsi, de même qu'il n'a pas méconnu davantage, au moins jusqu'à ces derniers jours, que c'est sous sa direction et sous sa surveillance qu'ont été passées les écritures tenues par Jean Vayson.

Qu'il est à remarquer que le premier mars 1850, c'est-à-dire le lendemain, Jean Vayson passait cette autre écriture, au vu et su et avec le plein consentement de son oncle, sur le verso même du folio du registre sur lequel était inscrite la mention précédente.

« M. Vayson, mon oncle, m'ayant cédé la suite de ses affaires, » suivant arrangement relaté ci-devant et transcrit au bas de l'inven- » taire détaillé, arrêté le 28 février 1850, aussi relaté. *J'établis mon* » *capital* à ce jour (1er mars 1850), par l'ouverture des comptes sui- » vants, clos pour ledit inventaire,

1er mars 1850.

» Marchandises générales,
» Frais généraux.
» Teinturerie,
» etc., etc. . . . . 533,283 f. 50
» Mobilier industriel.
» J'ajoute de plus le mobilier industriel que j'ai
» acquis de M. Vayson, mon oncle, sur facture,
» et que j'évalue à 100,000 fr. que je me propose
» d'amortir en prenant dix pour cent d'intérêt,
» chaque année, ci . . . . 100,000 f. »»

Total . . . . 633,283 f. 50
» à déduire les articles suivants formant le passif
» à l'inventaire, ensemble . . . . 14,240 f. 64

Total général, formant mon actif net, au 1er mars 1850 . . . . 519,054 f. 86

Considérant que le rapprochement de ces deux écritures, qui sont évidemment inspirées par la même pensée, ne permet pas de douter que, dès cette époque, Jean Vayson était déjà, du consentement de son oncle, propriétaire des 519,054 fr. 86 c., formant la balance d'inventaire, sous la seule condition d'en payer les intérêts, et propriétaire du mobilier industriel de la fabrique d'Abbeville, sans aucune condition.

Que la mention signée de Maximilien Vayson est le dernier article de sa comptabilité commerciale, ou plutôt la transition entre cette comptabilité et celle de son neveu, et que l'écriture inscrite au verso est le premier article de la comptabilité du sieur Jean Vayson.

Que s'il est des écritures qui n'ont pu échapper à l'investigation active de Maximilien Vayson, ce ne sont évidemment pas ces deux là, à cause de leur importance d'abord, et ensuite à cause de leur place même sur les livres.

Que sous peine d'en être réduit à n'attacher aucun sens à des écritures qui, dans la pensée des parties, avaient nécessairement une telle gravité, que, pour l'une d'elles, on employait la forme d'une mention, forme inusitée dans le commerce, et qui emprunte à la signature une sorte de solennité exceptionnelle, il faut reconnaître que dans l'une et dans l'autre de ces écritures se manifestent clairement l'intention et le fait d'une double libéralité ;

Que si, dans l'écriture du 28 février, on trouve les mots : *que je confie à mon neveu*, dont le sens littéral peut prêter à équivoque, on n'y rencontre aucune des énonciations qui s'accorderaient avec l'idée d'une dette;

Qu'on n'y trouve pas la fixation d'un délai quelconque pour la libération du débiteur ni l'indication d'aucune époque pour un remboursement partiel ou total ;

Qu'il n'est point parlé d'un compte personnel à ouvrir à Maxilien Vayson pour la somme dont il s'agit ;

Que tout se borne et se réduit à une réserve d'intérêts qui, dans son isolement de tout autre stipulation, fait supposer la remise du capital ;

Mais que cette présomption devient une certitude complète lorsque l'on voit : 1° M. J. Vayson établissant SON CAPITAL au 1er mars 1850, se constituer propriétaire de ladite somme de 519,054 fr. 86 c. ;

2° Se constituer en même temps propriétaire du mobilier industriel ACQUIS DE SON ONCLE SUR FACTURE, et qu'il donne à ce mobilier une valeur de 100,000 fr., qui sera amortie chaque année, jusqu'à concurrence de 10 p. 0|0 ;

3° Ne se constituer nulle part débiteur, soit des 519,054 fr. 86 c., soit du montant de la facture, suivant laquelle il a acquis le mobilier industriel ;

4° Qu'il ne porte pas davantage l'une ou l'autre de ces sommes au compte personnel de Maximilien Vayson qui, cependant, aurait dû en être crédité si elles lui étaient réellement dues ;

5° Que cependant le compte personnel de Maximilien Vayson existe, et qu'on n'y a fait figurer que les intérêts des 519,054 fr. 86 c.

Qu'il est donc certain, en point de fait, que, dans l'intention commune des parties, il y avait abandon ou remise au profit de J. Vayson de la nue-propriété des 519,034 fr. 86 c., représentant le prix de la cession des affaires de Maximilien Vayson, et abandon ou remise en toute propriété du prix de facture du mobilier industriel ;

Qu'on peut remarquer en outre qu'il n'était question entre les parties d'aucun loyer à payer pour la fabrique d'Abbeville, parce qu'il était entendu que J. Vayson en jouirait gratuitement;

Considérant que si les écritures des 28 février et 1er mars 1850 ne déterminent pas nettement la situation des parties relativement à la filature de Pont-Remy, il n'en est pas moins vrai que dès cette époque, J. Vayson était autorisé à se considérer comme devant avoir à Pont-Remy les mêmes avantages qu'à Abbeville ;

Que, toutefois, d'après le système d'écritures adopté, le compte de Pont-Remy resta ouvert, sans que la balance en fût portée, soit à l'inventaire de la fabrique d'Abbeville, soit au compte personnel de M. Vayson ;

Que les choses se continuèrent ainsi depuis 1850 jusqu'au 31 mars 1855, et que, dans deux inventaires successifs, l'un de fin mars 1851, et l'autre de fin mars 1853, la somme de 519,034 fr. 86 c., ou plutôt les marchandises et valeurs la représentant, furent portées à l'actif de J. Vayson, et que le compte personnel de Max. Vayson n'en fut pas plus crédité qu'en 1850 ;

Que Max. Vayson ne pourra sérieusement prétendre qu'il n'a pas connu ces écritures, notamment son compte personnel, et que ce n'est pas de son consentement et parce que c'était la vérité, que la comptabilité renfermait cette énonciation à l'actif de J. Vayson, et ne la portait pas au crédit de son compte personnel ;

Que tel était l'état des faits, quand, à la date du 31 mars 1855, ont été passées diverses écritures ayant pour but de fixer à nouveau la situation respective des parties ;

Que Maximilien Vayson, dans une note, écrite de sa main, et

enregistrée à Abbeville, le 15 novembre 1858' folio 55, n° 6, a tracé, ainsi qu'il suit, la marche à suivre par le teneur de livres :

Au 31 mars 1855.

Il faut débiter le compte de M. V. de la remise des

obligations	274,289 fr.	524,539 fr.
id.	50,250	
des billets de portefeuille	200,000	
	Total. . . .	524,539 fr.

Annuler aussi le compte de Pont-Remy, qui *sera*, à l'avenir, à la manufacture . . . . 100,535 fr. 38 c.

Annuler mon compte personnel. . 216,229 50

Resterait donc 311,000 fr. 54 c.

sur les 519,034 fr. 86 c.

519,035 fr.	86 c.
316,564	68
835,539	54
524,539	» »
311,000	54 (*)

Mais comme les écritures sont passées jusqu'à ce jour, *on n'en parlerait pas?* C'est inutile. *Il faut continuer cela comme par le passé.* JEANNIN EST DONATAIRE, — *de plus* héritier légataire universel ; — *de plus*, les 524,539 fr. continueront d'être dans ses mains, et, après moi, le tout lui appartiendra par l'acte d'institution de légataire universel.

Que pour comprendre cette note et la pensée de Maximilien Vayson, il faut dire que ce dernier avait sur les livres un compte personnel qui le constituait, à cette époque, créancier de 216,229 fr. 30 c. ;

Qu'il existait en même temps un compte de Pont-Remy, balançant, au profit de la filature, par une somme de 100,535 fr. 38 c. de bénéfices ;

Mais qu'il n'existait pas de compte pour les 519,034 fr. 86 c. abandonnés à M. Jean Vayson en nue-propriété, dès le 28 février

(*) Cette somme de 311,000 fr. 54 c., n'est autre que celle de 309,634 fr. 86 c., chiffrée par erreur à 311,000 fr. 54 c.

1850, et qui figuraient sur les livres comme actif au compte capital de Jeannin Vayson ;

Que dans la note du 31 mars 1855, Maximilien Vayson fait entrer *ces trois sommes* dans un *compte général ;*

Qu'en conséquence, il dit : Il faut débiter le *compte de M. Vayson* de 524,559 fr., somme qui comprend, outre les 216,229 fr. 30 c. formant la balance du compte personnel, les 100,335 fr. 38 c., importance des bénéfices de Pont-Remy, et 209,296 fr. 92 c. pris sur les 519,034 fr. 86 c. ;

Qu'à l'égard des 309,737 fr. 94 c. formant le complément des 519,034 fr. 86 c., il ne veut pas *qu'il en so it parlé ;*

Qu'enfin, il n'entend pas exiger un paiement réel de 524,559 fr.. mais se constituer créancier à nouveau de cette somme, dont les valeurs représentatives devront rester en la possession de Jean Vayson ;

Que, comme conséquence de cette combinaison, Maximilien Vayson donne l'ordre *d'annuler son compte personnel* et en même temps *d'annuler le compte de Pont-Remy* QUI SERA DÉSORMAIS A LA MANUFACTURE ;

Qu'il ne donne pas l'ordre d'annuler le compte de 519,034 fr., parce que ce compte n'existait pas, et que Maximilien Vayson n'était crédité nulle part de cette somme sur les livres; mais qu'il ne veut pas non plus en être crédité pour l'avenir, puisqu'il veut, au contraire, *qu'il n'en soit point parlé ;*

Considérant que Jean Vayson soutient, avec raison, que cette note et les écritures dont elle est la base et le commentaire, ont eu pour but et pour effet de mettre les 309,737 fr. 94 c., en dehors de toute répétition possible de la part de Maximilien Vayson, qui déclare que *Jeannin en est donataire*, en dehors de sa qualité testamentaire d'héritier, légataire universel ;

Que le sens et la portée de la note ne peuvent être douteux ;

Qu'il est d'abord très clair que l'on a voulu, au 31 mars 1855, fixer, d'une manière complète et définitive, la situation respective de l'oncle et du neveu, non seulement par rapport à la manufacture d'Abbeville, mais aussi par rapport à la filature de Pont-Remy ;

Que c'est ce qui résulte : 1° de ce que Maximilien Vayson a fait entrer dans un compte général, et ce qui lui était dû par son compte personnel, et les bénéfices de Pont-Remy depuis 1850, et les 519,054 fr. 86 c., objet de l'abandon en nue-propriété du 28 février 1850 ;

2° De ce qu'en même temps qu'il agissait ainsi, il décidait, qu'à l'avenir, les bénéfices de Pont-Remy seraient à la manufacture, c'est à dire réunis aux bénéfices de la fabrication des tapis, et que le matériel industriel de Pont-Remy serait attribué à Jean Vayson par une facture acquittée ;

Considérant que s'il est évident, qu'au 31 mars, on a fixé d'une manière générale et complète la situation respective des parties, il n'y a plus qu'à rechercher, si, dans ce règlement général et complet, les 309,757 fr. 94 c., ont été repris par M. Maximilien Vayson comme les 209,296 fr. 92 c., que, par sa volonté, et d'un trait de plume, il lui a plu de retirer de l'actif de son neveu, pour le reporter au sien, ce qui n'était possible que dans la situation d'autorité absolue de Maximilien Vayson, et de dépendance respectueuse et obligée de J. Vayson, ou, si les 309,755 fr. 94 c. ont été définitivement et à jamais acquis à l'actif de Jean Vayson ;

Qu'il n'est pas inutile de faire remarquer tout d'abord que dans le système de la prétention de l'appelant, il existait des moyens si simples et si naturels de régler la situation, que le fait que ces moyens n'ont pas été employés, démontre à lui seul que cette prétention n'est pas fondée ;

Que dans ce système, Maximilien Vayson aurait été, ou se serait fait reconnaître créancier des 519,054 fr. 86 c. dont il n'était point crédité sur les livres et qui, au contraire, y figuraient comme comme actif au compte capital de Jeannin Vayson ;

Que Maximilien Vayson, se trouvant sans titre pour réclamer cette somme, avait donc le plus grand intérêt, s'il entendait en être payé, ou à s'en faire couvrir immédiatement, ou à s'en faire créditer sur les livres ;

Que ce qu'il y avait de plus simple et de plus naturel était de se faire attribuer 519,034 fr. 86 c., en obligations et valeurs de portefeuille, qui auraient été sortis du compte personnel de Jean Vayson, comme payés pour solde du débit de pareille somme qui aurait été portée au *compte capital* de Jean Vayson ;

Que de cette façon, la situation de Maximilien Vayson aurait été aussi nette et aussi franche que possible, puisqu'il serait demeuré incontestablement créancier par son compte personnel des 216,000 fr. qui y figuraient à son crédit, ainsi que des 100,555 fr. de bénéfices de Pont-Remy, qui y devaient être reportés à son avoir ;

Que l'on pouvait encore porter au crédit du compte personnel de Maximilien Vayson les 519,034 fr. 85 c. et au débit les 524,539 fr., ce qui aurait fait ressortir au profit de l'appelant une balance incontestable de 509,000 fr.

Que ces deux modes de règlement auraient laissé subsister le compte personnel de Maximilien Vayson, ce qui ne présentait, au surplus, aucune espèce d'inconvénient.

Qu'au lieu de procéder ainsi, Maximilien Vayson aurait fait exactement le contraire de ce qui était indiqué par son intérêt le plus évident, puis qu'il a voulu que l'on annulât et son compte personnel et le compte de Pont-Remy, et en même temps qu'il *ne fût point parlé* des 309,737 fr. 94 c., disant que cela était inutile qu'il faillait continuer *comme par le passé, que* JEANNIN ÉTAIT DONATAIRE.

Qu'il est manifeste que cette volonté, si formellement exprimée par Maximilien Vayson, est exclusive de la supposition de l'existence à son profit d'une créance de 309,737 fr. 94 c., puisque n'étant pas *crédité* de cette somme antérieurement, il ne pouvait s'opposer à ce qu'il en fût *parlé*, c'est-à-dire à ce qu'il en fût passé écriture à son profit, que parce qu'il entendait n'avoir aucune répétition à exercer relativement à cette somme.

Que dans la situation des parties, telle qu'elle résultait des livres, ne pas parler des 309,737 fr. 94 c., c'était nécessairement en reconnaître la propriété au profit de Jean Vayson.

Qu'au surplus, aucune équivoque n'est possible en présence de ce qui suit dans la note du 31 mars. « Il faut continuer comme » par le passé, JEANNIN EST DONATAIRE, de *plus* héritier légataire uni- » servel, de *plus* 524,539 fr. continueront d'être dans ses mains, etc.

Qu'il est trop clair que les mots *Jeannin est donataire* s'appliquent précisément aux trois cent neuf mille francs dont Maximilien Vayson veut *qu'il ne soit point parlé*, et que quand il ajoute que les 524,539 fr. *continueront d'être dans les mains* de son neveu, il indique nettement qu'il ne s'agit pas pour lui de *retirer des mains* de ce dernier une partie de ce qui pouvait lui être dû, mais de régler complètement une situation, en distinguant ce qui lui appartient de ce qui était la propriété de Jeannin Vayson, ce dernier demeurant d'ailleurs nanti de la totalité des valeurs appartenant à l'un ou à l'autre.

Que le seul changement apporté dans la position respective des parties a donc consisté, non à éteindre par paiement réel tout ou ou partie de la dette de l'un envers l'autre, mais à fixer l'étendue de la créance de Maximilien Vayson et à l'éteindre entièrement par les écritures, tout en laissant à Jean Vayson ces valeurs représentatives du paiement constaté par les livres.

Considérant qu'en exécution de cette note, il a été passé diverses écritures.

Que les 519,034 fr. 86 c. ne figurant sur les livres que dans le *compte capital* de Jean Vayson et comme étant sa propriété, il était difficile de passer une écriture régulière pour constater la reprise par Maximilien Vayson d'une partie de cette somme.

Que l'on n'a rien trouvé de mieux que de faire sortir au 31 mars la somme de 209,296 fr. 92 c. au compte personnel de Jean Vayson, avec cette énonciation « *remboursé à M. Vayson, mon oncle,* » *sur compte ancien.* »

Que la même somme est portée à la même date au livre-journal avec ces mots : « *Que je remets aujourd'hui comme suit à M. Vayson,* » *mon oncle, à valoir sur son compte ancien.* »

Que cette dernière écriture vient après deux autres écritures dont l'une constate report au compte de Maximilien Vayson de la balance du compte de Pont-Remy, et dont l'autre constate la remise à Maximilien Vayson de 315,242 fr. 08 c., pour *solder son compte et celui de Pont-Remy.*

Considérant que les mots *sur son compte ancien ; à valoir sur son compte ancien* n'ont été que de pure forme, puisqu'il n'a jamais existé de compte ancien, et que le fait de la reprise par Maximilien Vayson de 209,000 fr. sur les 519,000 fr., qui donnait lieu de parler d'un compte ancien qui n'existait pas, était accompagné de *l'annulation complète* de son compte personnel, d'un règlement général, et de la défense formelle de parler d'un reliquat de 509,000 fr., dont Maximilien Vayson ne voulait pas être crédité, parce que JEANNIN ÉTAIT DONATAIRE.

Que, nonobstant ces énonciations de pure forme, Maximilien Vayson ne restait pas moins sans titre dans les livres où il n'était crédité nulle part d'une somme dont les 209,296 fr. 92 c. auraient pu être un acompte.

Que, conséquemment, Jean Vayson se trouvait, par ses livres et notamment par les écritures du 31 mars 1851, complètement libéré envers son oncle, au moyen de l'annulation complète du compte personnel et du compte de Pont-Remy.

Qu'en supposant donc que la libéralité de 519,034 fr. 86 c., ne remonte pas à février 1850, il y au moins pour les 509,000 fr. libération pour Jean Vayson, donation par Maximilien Vayson par voie, dans ce cas, de remise de dette.

Qu'il n'est donc pas possible de contester sérieusement le caractère et la portée des écritures du 31 mars, non plus que le but et la portée de la note qui en est la base et le commentaire.

Qu'il est de toute évidence que, dans la volonté de Maximilien Vayson, comme dans l'exécution qu'elle a reçue de la part de Jean Vayson, les 509,000 fr. dont il s'agit appartenaient à ce dernier sans conditions ni réserves, et que de plus il devait demeurer en possession des valeurs représentant la balance, soldée par les écritures, du compte général de Maximilien Vayson.

Considérant que c'est ici le lieu de faire remarquer que Maximilien Vayson n'a d'autre titre pour réclamer les 509,000 fr. dont s'agit, que les livres de Jean Vayson, d'où il suit que sa prétention n'a plus de base du moment où il est établi que les écritures du 31 mars 1855 ont eu pour but de régler entièrement la position des parties, par assignation, au profit de Maximilien Vayson, de valeurs restant aux mains de Jean Vayson et représentant une somme de 524,539 fr.

Que si, d'un côté, les livres repoussent, par l'ensemble de leurs énonciations, la prétention de l'appelant, il est en même temps établi que c'est non-seulement de son consentement, mais par son ordre formel, que les écritures ont été passées de manière à libérer entièrement Jean Vayson envers son oncle.

Considérant que vainement Maximilien Vayson, en présence de documents beaucoup trop probants, cherche à donner le change en avouant qu'il avait, à l'époque même où les écritures ont été passées, l'intention de libérer son neveu des 509,000 fr. dont il s'agit, mais pas immédiatement, et seulement en comprenant cette somme dans la dot de 1200 mille fr. environ, qu'il entendait lui constituer en vue d'un mariage qui n'a point abouti.

Qu'il est évident que la libération de Jean Vayson a été consommée le 31 mars 1855 par les écritures de cette date, aussi bien que l'attribution à la manufacture d'Abbeville des bénéfices de Pont-Remy, et que l'abandon de tout droit, au prix de facture, du matériel de Pont-Remy.

Que la date elle-même de l'inventaire et de tous ses accessoires s'explique bien moins par la concordance accidentelle de pourparlers de mariage, que par l'époque habituelle des inventaires qui, se faisant tous les deux ans fin mars, et ayant eu lieu fin mars 1851, ensuite fin mars 1853, amenaient nécessairement au 31 mars 1855 l'inventaire subséquent.

Que Maximilien Vayson ne peut pas même prétendre que les libéralités du 31 mars 1855 aient eu un car...

Que cela est si vrai que, quoique le mariage projeté ne se fut pas réalisé, Maximilien Vayson a laissé passer dix-huit mois sans élever la plus petite observation sur le règlement et les faits du 31 mars 1855, et sans rien faire changer aux écritures, ce qui était pour lui la chose du monde la plus facile.

Que ce n'est qu'après le décès de Mme Vayson, que Maximilien Vayson a songé, non pas à opposer ouvertement et sans ambiguité à son neveu le prétendu caractère conditionnel de ses libéralités du 31 mars, mais à faire abstraction du caractère libératoire des écritures, quant aux 309,000 fr., et à ressaisir cette somme *pour la donner à nouveau en nue propriété seulement*, et à la charge par Jean Vayson d'en servir les intérêts à son oncle, sa vie durant.

Qu'il a agi d'une manière analogue à l'égard du mobilier industriel de Pont-Remy, faisant abstraction de l'écriture du 31 mars constatant à cette époque l'acquisitiou pure et simple de ce mobilier *sur facture acquittée*, et déclarant donner, dès à présent, ledit mobilier, sous la condition d'un droit de retour, en cas de prédécès de Jean Vayson.

Que les préoccupations mêmes que revèlent ces déclarations si tardives de Maximilien Vayson, ne font que mieux démontrer que la libération de Jean Vayson, quant aux 309,000 fr. et quant au prix de facture du mobilier industriel de Pont-Remy, avait été pure et simple, sans condition ni réserve au 31 mars 1855.

Qu'aussi il n'existe ni sur les livres, ni dans la correspondance des parties, aucune trace d'une réclamation d'intérêts pour les 309,000 fr. après le 31 mars 1855 et avant que, par sa déclaration du 13 août 1856, Maximilien Vayson eût imposé à son neveu les conditions nouvelles qu'il jugeait à propos de formuler à cette époque.

Que si, au 31 octobre 1856, on trouve porté sur les livres un compte d'intérêts des 309,000 fr., on a la preuve, par l'écriture elle-même, qu'elle a été copiée sur la déclaration du 13 août, dont elle n'est que l'exécution.

Considérant que les documents qui se rattachent au projet de mariage qui existait au commencement de l'année 1855, donnent à toutes les allégations de l'appelant un démenti formel, et confirment le véritable caractère des écritures et des faits du 31 mars 1855.

Qu'en effet, dans un modèle de lettre rédigé par Maximilien Vayson, ce dernier fait parler son neveu de la manière suivante : « Fils de manufacturier, j'ai pris la fabrique de tapis de mon » oncle, QUI M'A DONNÉ TOUT LE MATÉRIEL et me DONNERA les bâti- » ments des établissements de fabrique et de filature, lors de mon » contrat de mariage, et encore autres choses d'une valeur de » 200,000 fr. (Ladite pièce, visée pour timbre et enregistrée à » Abbeville le 16 février 1859, f° 67, verso, case 2).

Qu'il est donc certain qu'à l'époque où les pourparlers de mariage existaient, il n'y avait pas seulement des libéralités projetées et subordonnées à l'accomplissement du mariage, mais qu'il y avait tout à la fois des libéralités consommées dont le bénéfice était irrévocablement acquis à Jean Vayson, et d'autres libéralités qui ne devaient être réalisées que par le contrat qui devait régler les conditions de l'union que l'on avait en vue.

Que dès cette époque, Maximilien Vayson reconnaissait que son neveu était propriétaire absolu, sans condition ni réserve, de *tout le matériel* de ses établissements.

Que, d'un autre côté, dans une lettre timbrée de la poste, du 24 mai 1855, par lui adressée à Jean Vayson, l'appelant rend compte des explications qu'il a eues avec un notaire, en vue du mariage projeté, et qu'indiquant ce qu'il faut faire pour établir le contrat, il s'exprime ainsi : « Etablir la position, et pour cela le notaire veut » une donation, je lui ai dit *que c'était par facture que les marchan- » dises ont été livrées, ainsi que les ustensiles et matériel industriel* ; » c'est à cause de cela que je t'ai demandé le livre ou cahier de » l'inventaire de 1851; je crois qu'il porte les chiffres que j'avais » pris. » (Visé pour timbre et enregistré à Abbeville, le 23 février 1859).

Que là est encore la preuve qu'avant le 31 mars 1855, Maximilien Vayson reconnaissait que son neveu était déjà donataire, depuis

1850, non seulement des ustensiles et matériel industriel, mais même des marchandises, comme ayant été livré du tout sur facture, et que conséquemment une *donation en forme était inutile.*

Qu'une preuve tout aussi péremptoire résulte d'un brouillon de lettre (visé pour timbre et enregistré à Abbeville le 16 février 1859); que la lettre était écrite à un tiers, à une date nécessairement postérieure au 31 mars 1855, puisque le 24, Maximilien Vayson était encore à Paris; que le 25, Jean Vayson lui adressait des pièces qu'il n'a pu recevoir et examiner que le 26; qu'il a dû conférer avec le notaire après avoir vérifié ces documents; qu'il a reçu une lettre du notaire, nécessitant son retour à Abbeville, pour conférer avec son neveu, et que c'est après avoir arrêté un parti, avec ce dernier, qu'il a écrit la lettre dont le brouillon est resté aux mains de l'intimé.

Qu'on y lit notamment : « Pour la clause du droit de retour, » comme c'est moi seul que cela regarde, je persiste. Deux mots » vont suffire pour vous faire comprendre que M. Demanche n'a » pas vu les choses comme elles sont. *Mon neveu se constitue plus « de 700,000 francs dont la presque totalité provient de ma libéralité, « et échappent cependant au droit de retour.* Il n'y a donc que les im» meubles d'Abbeville, de Pont-Remy et de Paris, qui seront sou» mis à ce droit, le cas échéant, ce qui n'est pas présumable en » présence de mon âge et de l'ordre naturel, mais qui peut arriver, » ce n'est guères actuellement que 200,000 francs. »

Que cette lettre prouve, de la manière la plus évidente, que Jean Vayson avait reçu de son oncle des libéralités pour des sommes fort importantes, et que ces libéralités étaient irrévocablement consommées, puisque, d'une part, Jean Vayson devait les comprendre et les confondre avec son patrimoine personnel et les bénéfices de son industrie, en se *constituant personnellement en dot plus de* 700,000 *fr*, et que, d'autre part, Maximilien Vayson reconnaissait que ces libéralités *échappaient*, par cela même, au droit de retour qu'il entendait faire peser sur des donations nouvelles d'une importance de 200,000 fr.

Qu'il serait impossible de trouver, dans la fortune personnelle de Jean Vayson et dans les bénéfices de son industrie, les éléments constitutifs d'une dot personnelle de plus de 700,000 fr., si l'on n'y comprend pas les 309,737 fr. 92 c. dont il s'agit, et que cela est doublement prouvé par l'inventaire de Jean Vayson et par l'aveu même de l'appelant, qui déclare que les 700,000 fr. et plus que son neveu doit se constituer en dot, proviennent, pour la presque totalité, de sa libéralité.

Que cette déclaration n'a d'ailleurs pu être faite que sur le vu de l'inventaire qui donnait, en effet, une balance de plus de 700,000 francs, somme comprenant les 309,737 fr. 92 c. dont il s'agit, ainsi que la valeur des deux matériels d'Abbeville et de Pont-Remy.

Qu'en présence des preuves géminées qui résultent des livres et de tous les documents du procès, il n'est donc pas possible de soutenir sérieusement, en *point de fait*, que Jean Vayson n'était pas propriétaire pur et simple, au 31 mars 1855, et des 309,738 fr. 92 c., et des prix de facture des deux matériels d'Abbeville et de Pont-Remy.

Que c'est là un point désormais constant, sauf à examiner si Maximilien Vayson peut contester aujourd'hui ces libéralités, non dans le fait de leur existence, mais dans leur forme et dans leur efficacité au profit de l'intimé.

Considérant que, sans sortir du même point de vue, il n'est pas sans intérêt de faire remarquer qu'alors même que Jean Vayson n'aurait pas été donataire des 309,737 fr. 92 c. antérieurement, il le serait devenu le 13 août 1856, par une déclaration transcrite sur les livres, et dans laquelle il est dit notamment : « Je déclare, de la manière la » plus formelle, *avoir donné*, sans aucune réserve, ledit mobilier et » tout ce qui, à Abbeville, appartient à l'exploitation de la manufac- » ture de tapis établie dans les bâtiments des Villancourt et de la » teinturerie. Je promets que jamais aucune demande ni recherche » ne pourra avoir lieu, sur ce fait accompli, de la part de mes hé- » ritiers. »

» Je déclare encore que je veux lui donner ledit mobilier (celui » de Pont-Remy), s'il me survit ; ainsi, sauf le droit de retour en » cas de prédécès, IL EST *le propriétaire de tout le mobilier industriel*

» *qui est à Pont-Remy*, mais s'il mourait avant moi, je rentre dans
» ma propriété.»

» *Je déclare de plus que, pour les* 519,034 *fr.* 86 *c., il m'a remboursé*
» *la somme de* 209,296 *fr.* 92 *c., qu'il reste en conséquence me devoir*
» *seulement* 309,737 fr. 94 c., SOMME QUE JE LUI DONNE DÈS AUJOURD'HUI,
» mais pour entrer en jouissance après ma mort, et sous la condition
» que la donation sera nulle si j'avais le malheur de le voir mourir
» avant moi, et encore qu'il me servira les intérêts de ladite somme
» ma vie durant. (Visé pour timbre et enregistré à Abbeville, le 16
» février 1859.)

Qu'il est trop clair, en point de fait, que ces déclarations sont la confirmation pure et simple du droit de Jean Vayson quant au matériel d'Abbeville, et qu'en faisant abstraction des écritures et des faits du 31 mars 1855, ces mêmes déclarations constituent d'une manière non équivoque la libération actuelle de Jean Vayson, quant aux 309,737 fr. 94 c., sous une réserve d'intérêts, pendant la vie de Maximilien Vayson et avec une clause résolutoire en cas de prédécès de l'intimé; et en même temps l'abandon actuel à son profit de tout droit de répétition quant au mobilier de Pont-Remy, sous la même clause resolutoire, en cas de prédécès.

Que ces déclarations si formelles, fussent-elles les seuls documents établissant les droits de Jean Vayson, suffiraient pour faire juger, au point de vue de la moralité, deux procès ayant pour but de faire payer par Jean Vayson notamment les 309,737 fr. 94 c. et de l'obliger à remettre à son oncle les deux mobiliers d'Abbeville et de Pont-Remy.

Qu'il est bien difficile, en présence de ces deux procès, extrémité à laquelle la pensée et le cœur de Maximilien Vayson n'étaient pas sans doute encore arrivés, sous la pression de son entourage actuel, de ne pas voir dans les déclarations du 13 août 1856 elles-mêmes, et dans les circonstances qui les ont précédées, accompagnées et suivies, non-seulement une nouvelle modification dans la situation des parties, par dérogation à ce qui avait été fait en 1855, mais une arrière-pensée beaucoup plus radicale.

Que Mme Vayson est décédée le 14 juillet 1856, et que, comme le disent les premiers juges, elle descendait dans la tombe avec la conviction intime que Jean Vayson était bien et complètement donataire, d'après la remise qui lui avait été faite le 31 mars 1855, et qu'il n'y avait aucun retour fâcheux à craindre sous ce rapport.

Que c'est quelques semaines après cet événement, et quand, cédant aux sollicitations de l'une de ses héritières présomptives, qui était venue à Abbeville, il se dispose à aller se fixer auprès d'elle dans le midi de la France, qu'il revient sur l'état des choses réglé le 31 mars, pour y apporter quelques modifications tout-à-fait imprévues.

Qu'il les fait précéder d'une lettre du 9 août 1856, (visée pour timbre et enregistrée à Abbeville, le 16 novembre 1858), dans laquelle il reproche, sans aucun motif, à son neveu, d'être bien changé depuis trois mois, et annonce qu'il ne signe pas les factures datées du 31 mars 1855, *parce qu'il a fait une écriture sur les livres* et que, sous peu, il fera une déclaration vraie, qu'il remettra à son neveu ; qu'il lui parle en même temps de la fortune qu'il lui *a mise en main.*

Que cette lettre, qui confirme une fois de plus l'existence de libéralités consommées antérieurement, et notamment le 31 mars 1855, ne faisait nullement pressentir que cette prétendue *déclaration vraie* serait une restriction apportée aux avantages résultant des écritures et des faits antérieurs.

Que la déclaration du 13 août vint ensuite accompagnée d'une lettre contenant une apologie nullement provoquée de la conduite de Maximilien Vayson et de l'origine de sa fortune, lettre dans laquelle il confirme encore l'existence de libéralités consommées antérieurement, en disant « ce que *j'ai fait pour toi* a dû te faire connaître ce » que je suis, etc.; je te laisse avec les livres une *déclaration très » formelle des donations que je t'ai faites.* »

Mais que quelques lignes de cette lettre semblent trahir des préoccupations secrètes de la part de son auteur, et notamment quand il dit que les donations qu'il a faites ne sont pas dans la forme voulue par la loi, et quand il termine en priant son neveu de lui donner copie de cette même lettre et de sa déclaration.

Que ces préoccupations semblent se révéler d'une manière plus nette, quand Maximilien Vayson s'aperçoit que son neveu, sans entrer en lutte avec lui, sans murmurer contre une modification inattendue d'une situation qu'il devait croire irrévocablement réglée, avait transcrit sur ses livres la déclaration du 15 août, pour en faire désormais la base de ses rapports avec l'appelant.

Qu'en effet Maximilien Vayson a écrit de sa main sur le livre, au dessous de la déclaration transcrite, une observation qui ne pouvait avoir d'autre but que de détruire l'effet de cette déclaration elle-même et de sa transcription sur les livres de Jean Vayson.

« Qu'en effet on y lit : Si M. Vayson, mon neveu, m'avait pré-» venu que son intention était de transcrire la déclaration que je » lui ai remise *au lieu d'un extrait de mes dispositians testamentaires*, » je lui eusse donné mon testament pour qu'on pût y lire les clauses » des donations. Toutefois, je le préviens que mon testament ne le » fera pas légataire universel, mais donataire à titre universel des » choses à lui données par mes dernières volontés. »

Que cette note a évidemment pour but d'attribuer à la déclaration du 15 août le caractère de dispositions testamentaires toujours révocables de leur nature, c'est à dire, d'en laisser le sort à la disposition absolue de Maximilien Vayson;

Mais que si le but de la note est évident, il est évident aussi que l'observation n'est ni fondée, ni conforme à la vérité ;

Qu'en effet, d'une part, les dispositions de l'acte du 15 août 1856 protestent, par leur nature même, contre le caractère que la note leur attribue, qu'elles sont si peu faites en vue du décès, que Maximilien Vayson dit expressément, en parlant de son neveu, IL EST LE PROPRIÉTAIRE DE TOUT LE MOBILIER INDUSTRIEL DE PONT-REMY ; et plus loin, à l'occasion des 509,757 fr. 64 c., SOMME QUE JE LUI DONNE DÈS AUJOURD'HUI, et pour ne laisser aucune ambiguité, il distingue ce qui ne sera que testamentaire en disant : « *J'ajoute que,* » *par mon testament, j'ai fait mon neveu Jean Vayson , mon léga-*

» *taire universel, et que, mourant avant lui, la presente déclaration* » *sera inutile.* »

Que dans la lettre du 9 août, il disait aussi : « Si malheur m'arrivait, tu trouverais, dans le cartonnier, mon testament fait d'ancienne date, qui te fait mon légataire universel. »

Qu'il est donc bien certain que la note ne dit pas la vérité quand elle suppose que Jean Vayson aurait pu trouver reproduites, dans le testament de Maximilien Vayson, des dispositions faites précisément en vue du prédécès de l'intimé ;

Qu'il est difficile de se défendre de cette pensée, que Maximilien Vayson, après le décès de sa femme, a subi une influence hostile aux intérêts de son neveu, et qu'il a cédé à cette influence au point de vouloir ressaisir entièrement les libéralités qu'il avait faites en sa faveur ;

Qu'en tout cas, il est bien certain que les circonstances que l'on vient de signaler, sont comme des jalons posés pour arriver aux deux procès dont il est impossible de trouver la cause ailleurs que dans un revirement de volonté dont Maximilien Vayson n'a pu jusqu'ici indiquer un motif sérieux ;

Qu'en effet, il n'y a eu, dans la conduite de J. Vayson, aucun acte, non seulement qui ait pu blesser profondément son oncle, mais même qui ait pu froisser sa susceptibilité ;

Qu'après son départ d'Abbeville, Maximilien Vayson a entretenu une correspondance paternellement amicale avec J. Vayson, d'où il résulte la preuve qu'aucune scission n'avait précédé le départ ;

Que depuis ce moment, les lettres de J. Vayson, qui sont aux mains de Maximilien Vayson, témoignent son affection et de sa condescendance respectueuse pour son oncle ;

Qu'il faut donc chercher ailleurs que dans la conduite de J. Vayson, et ce ne peut être que dans des influences intéressées, une transformation de volonté si subite et si complète ;

Considérant qu'après cet exposé complet des faits, qui rend impossible la négation de l'existence matérielle de libéralités faites au profit de Jean Vayson en 1850, en 1855 et en 1856, la seule question qui reste à examiner est celle de savoir si, en droit, ces libéralités sont valables, et spécialement à l'égard des 309,737 fr. 92 c.; si Maximilien Vayson est fondé à reprendre ce qu'il a donné, par le motif qu'il n'aurait pas été dressé un acte authentique constatant la donation dans les formes des articles 931 et 932 du Code Napoléon;

Considérant qu'il ne s'agit point ici d'une donation soumise aux formes et aux règles indiquées dans lesdits articles, mais soit d'un don manuel, soit d'une remise de dette.

Qu'en effet, ce don manuel, ou cette remise, existait dès 1850 pour le capital, sous réserve des intérêts;

Que cette remise a été pure et simple en 1855, alors que Maximilien Vayson, ressaisissant les 519,034 fr, 86 c. pour les comprendre dans un compte général, en a retiré à lui une partie (209,296 fr. 94 c.), et a fait remise du surplus, sans condition ni réserve;

Qu'enfin et abstraction faite de cette double remise, Maximilien Vayson aurait fait de nouveau remise, en 1856, des 309,739 fr. 94 c., sous réserve des intérêts, et devant s'évanouir en cas de prédécès de Jean Vayson.

Considérant que la remise de dette n'est assujettie à aucune forme et que la preuve de ces sortes de libéralités peut se faire par tous les genres de preuve qui sont de droit commun. (Duranton, n° 360, Toullier, n°s 335 et 336. Troplong, n° 1076).

Qu'il n'est pas d'ailleurs permis de confondre la remise de dette avec la donation déguisée sous la forme d'un *contrat à titre onéreux*.

Que la remise de dette est un contrat *sui generis* qui n'est pas à titre onéreux et qui constitue *par lui-même* une libéralité, une espèce de donation. (Duranton, n° 341, p. 450. Rép. de Fav. de Langlade, p. 822, n° v.

Qu'il n'est donc pas possible à Maximilien Vayson d'équivoquer sur l'emploi du mot *donataire* ou du mot *libéralités* dans plusieurs des documents nombreux qui établissent le fait de la remise de dette, puisque la remise de dette étant par elle-même une libéralité et une espèce de donation, l'emploi de ces mots était aussi légitime qu'il était naturel.

Que l'emploi de ces mots ne peuvent, en aucun cas, changer la nature même du fait qui constituait une remise de dette, c'est-à-dire une espèce de donation affranchie de toute forme et pouvant être établie par tous les genres de preuve.

Considérant que les écritures de 1850 prouvent que, dès cette époque il y avait, au profit de Jean Vayson, remise du capital de 519,034 fr. 86 c. que celui-ci portait comme actif à son compte capital, sans en débiter ni créditer aucun compte sur les livres.

Qu'il est vrai qu'en 1855, Maximilien Vayson a fait figurer les 519,034 fr. 86 c. à son crédit dans un compte général, mais en consentant la remise pure et simple et sans réserve de 309,737 fr. 94 c. qui lui restaient dus d'après ce compte; que ce compte et la note sur laquelle il est porté forment une preuve complète de cette remise.

Que la passation des écritures sur les livres que Maximilien Vayson avait journellement à sa disposition est une nouvelle preuve de ladite remise.

Qu'en supposant, au surplus, que ces documents ne pussent être considérés que comme un commencement de preuve par écrit, il suffit de se reporter à tous les autres documents qui le confirment, pour se convaincre qu'il existe dans la cause une série de présomptions graves, précises et concordantes, qui ne sauraient laisser place au doute sur le fait de la remise consommée à ladite époque.

Qu'on peut ajouter ici que les auteurs signalent comme des présomptions graves, la parenté, les comptes dans lesquels une créance n'aurait pas figuré (Toullier, n° 336), circonstances qui se rencontrent dans l'espèce avec cette circonstance plus grave encore, que Jean Vayson a été élevé par son oncle, et était notoirement traité par lui comme un enfant adoptif.

Considérant que Maximilien Vayson ne saurait se prévaloir de ce que la libéralité par lui faite n'aurait pas été acceptée par acte authentique ; qu'en effet, une acceptation authentique était inutile et qu'une acceptation tacite eût même été suffisante. (Toullier, n° 323. Dalloz, voir Disposition entre-vif, n° 1603, pour le don manuel).

Qu'en fait, la passation des écritures constitue une acceptation formelle bien antérieure à la révocation signifiée par Maximilien Vayson.

Considérant que le 13 août 1856, Maximilien Vayson, en déclarant, de la manière la plus formelle, à son neveu, dans les circonstances qui ont été indiquées, qu'il lui *donnait dès ce jour*, sous réserve des intérêts, sa vie durante et sous la condition de retour, en cas de survie, les 309,737 fr. 94 c. qu'il réclame aujourd'hui, a évidemment consenti une nouvelle remise de cette somme.

Qu'il importe peu que cette remise ait été faite en nue-propriété seulement, ou sous la condition de survie.

Que la réserve, en cas de survie, ne constitue qu'une condition casuelle parfaitement licite, ne donnant pas à la disposition le caractère du don à cause de mort. (Dalloz, n° 1560).

Que tous les auteurs décident, non seulement que la remise de dette peut être faite, soit par lettre, soit de toute autre manière. (Duranton, n° 358. Dalloz, ancien rép., p. 612, n° 8. Dalloz, nouveau rép., n° 1658, pour les dons manuels), mais encore qu'elle peut être faite *à terme partiellement et sous condition*. (Dalloz, ancien rép., p. 612, n° 8).

Que la réserve des intérêts et la condition de survie ne changent donc pas la nature de la remise de dette et ne sauraient rendre indispensable l'emploi des formes authentiques.

Qu'ainsi, même dans son système, Maximilien Vayson aurait fait remise à son neveu de la nue-propriété des 309,937 fr. 92 c. dont il s'agit.

Que le fait, par Jean Vayson, d'avoir transcrit sur les livres la déclaration du 13 août 1856, ne saurait autoriser l'appelant à nier la remise antérieurement faite et si complètement établie par la note du 31 mars 1855, par les faits et écritures de la même date et par tous les documents de la cause.

Qu'il pourrait seulement en tirer la preuve que son neveu aurait accepté les conditions qui n'avaient point été imposées dans l'origine à la remise des 309,737 fr. 94 c.

Mais qu'il ne le pourrait qu'à la condition d'accepter lui-même les conséquences de la déclaration du 13 août 1856, et qu'il est évident qu'il ne peut, tout à la fois, repousser la déclaration et l'opposer à son neveu.

Que si la déclaration est répudiée, elle ne peut produire aucun effet et n'empêche pas la remise antérieurement faite de conserver toute sa valeur.

Considérant que Maximilien Vayson n'a pas pu d'ailleurs se dégager de la remise par lui consentie en exprimant, dans une lettre sans date, l'opinion que les avantages par lui faits à son neveu, ne sont pas dans la forme voulue par la loi.

Que sans revenir sur les motifs qui ont pu amener l'appelant à écrire cette lettre, il suffit de rappeler qu'il reconnaît, dans cette même lettre, avoir fait des donations à son neveu et que, pour en établir la preuve, il parle tout à la fois des livres et de sa déclaration, et que la lettre du 9 août 1856 est en harmonie avec cette explication.

Que l'on ne comprend pas d'ailleurs le motif qui aurait pu déterminer Maximilien Vayson à faire à son neveu des avantages qui auraient été sans valeur.

Qu'au surplus, il ne s'agit pas de savoir ce que pense Maximilien Vayson des avantages qu'il a faits, mais bien de savoir s'ils sont valables.

Que la copie qu'il a demandée à son neveu, de la même lettre sans date, ne peut pas, plus que la lettre elle-même, annuler ce qui avait été valablement fait ; puisque cette copie n'est que la reproduction de l'opinion émise par Maximilien Vayson dans des circonstances que tout le monde peut apprécier.

Que Maximilien Vayson, jusqu'au décès de sa femme, n'avait laissé ignorer à personne les libéralités qu'il avait faites à son neveu; que jamais il n'avait manifesté les intentions qu'il veut mettre aujourd'hui à exécution, en obéissant à des influences dont la trace semble se révéler dès le 9 août 1856.

Qu'on ne peut donc accepter qu'avec une extrême réserve les inductions qu'on prétend tirer de la lettre sans date dont l'opportunité et le motif sont encore à expliquer, et de la circonstance plus étrange encore d'une copie de cette lettre demandée par l'auteur à celui à qui il l'adresse, alors surtout qu'on rapproche ces deux circonstances de la note à l'encre rouge mise au bas de la déclaration du 15 août, transcrite sur les livres.

Qu'il est donc bien certain que la remise des 309,737 fr. 94 c. ne peut être contestée ni en fait ni en droit.

En ce qui touche le compte de la gestion de Pont-Remy :

Considérant qu'en fait, c'est M. Jean Vayson qui exploite la filature de Pont-Remy, et que si, tranchant une question demeurée jusque là indécise et en suspens, Maximilien Vayson a fait porter à son compte personnel les bénéfices de Pont-Remy, au 31 mars 1855, il a formellement renoncé pour l'avenir à exiger aucun compte de gestion ;

Que c'est ce qui résulte nettement de la teneur même de la note du 31 mars.

Qu'à la même époque, et pour qu'il n'y eût pas d'équivoque possible sur la situation de Jean Vayson, par rapport à la filature de Pont-Remy, il a été passé une écriture pour constater que le matériel de Pont-Remy appartenait à l'intimé qui en avait reçu facture acquittée de son oncle.

Qu'on a vainement objecté que des machines et un brevet avaient été payés par Maximilien Vayson, puisque, d'une part, les machines auraient été achetées avant 1855, et que, d'autre part, le brevet était pris au nom de Maximilien Vayson qui en était propriétaire.

En ce qui touche le compte des parties :

Considérant qu'il est constaté, par le jugement dont est appel, que les livres du sieur Magnier, banquier, ne permettent pas de douter qu'une somme de 15,420 fr., appartenant à Mme Vayson, a été, après sa mort, encaissée par Maximilien Vayson qui en doit faire compte à l'intimé, légataire universel de ladite dame Vayson.

Considérant qu'à l'égard de deux autres sommes de 11,790 fr. et de 10,000 fr., dont l'intimé demande le report au débit de Maximilien Vayson, elles sont réclamées comme dépendant également de la succession de Mme Vayson.

Que le jugement dont est appel a ordonné que Maximilien Vayson prêterait le serment à lui déféré par l'intimé, sur les questions de savoir :

1° Si, avant son décès, Mme Vayson n'avait pas 10,000 fr. en or, qui étaient sa propriété ; si elle n'a pas conservé cette somme jusqu'au jour de son décès, et si enfin M. Maximilien Vayson ne l'a pas dans les mains, ou n'en a pas disposé ;

2° Si les 11,790 fr. remis chez MM. Magnier, banquiers à Abbeville, le 27 juin 1856, n'étaient pas la propriété de Mme Vayson, avant son décès ; et s'il n'a pas touché ou fait toucher les valeurs qui ont été remises par le banquier, en échange de cette somme.

PAR CES MOTIFS et autres à suppléer de droit et d'équité, ou à déduire ultérieurement à l'audience ;

Sans s'arrêter ni avoir égard aux fins, moyens et conclusions de l'appelant, dans lesquels il sera déclaré non recevable, en tout cas, mal fondé et dont il sera débouté ;

Mettre l'appelation au néant;

Ordonner que le jugement dont est appel sortira son plein et entier effet ;

Condamner l'appelant en l'amende et aux dépens de la cause d'appel.

Sous la réserve de prendre toutes autres et plus amples conclusions,

Et ce sera justice.

MITIFFEU, avoué à la Cour.

Me MALOT, avocat plaidant.

JUGEMENT DU TRIBUNAL DE COMMERCE D'ABBEVILLE

Du 10 Décembre 1858.

Vu l'exploit en date du vingt-un juillet mil huit cent cinquante-huit par lequel Maximilien Vayson demande à Jean-Antoine Vayson, son neveu :

1° Le paiement en principal de trois cent neuf mille sept cent trente-sept francs quatre-vingt-quatorze centimes, dont il lui resterait débiteur, sur plus forte somme laissée à sa disposition en mil huit cent cinquante, plus les intérêts de ces trois cent neuf mille sept cent trente-sept francs quatre-vingt-quatorze centimes, depuis le trente-un octobre mil huit cent cinquante-six.

2° Le compte de gestion de la filature de Pont-Remy depuis le vingt-huit février mil huit cent cinquante, jusqu'au treize août mil huit cent cinquante-six.

3° Enfin le règlement du compte courant qui a existé entre le requérant et l'assigné depuis la même époque.

Vu le jugement du vingt août dernier par lequel le tribunal, sur la demande de Maximilien Vayson, quant aux deuxième et troisième chefs ; sur la demande de Jean-Antoine Vayson, quant au premier chef, a renvoyé les parties devant M. Acoulon, l'un de ses membres.

Vu le procès-verbal de M. le Juge-Commissaire qui constate que, dans les séances de renvoi ;

D'abord sur les écritures relatives à la filature de Pont-Remy, Maximilien Vayson n'a pas élevé la moindre critique à leur égard.

Ensuite, sur le compte courant, qu'après avoir, dans une des premières séances, demandé qu'on le créditât du montant des loyers pour les bâtiments de Villancourt, il s'est, dans une séance postérieure, désisté de cette prétention, ce dont Jean-Antoine Vayson a demandé et obtenu acte, en sorte que Maximilien Vayson ne soulève plus aucune contestation sur ce chapitre.

Vu la demande reconventionnelle introduite par Jean-Antoine Vayson, pour que Maximilien Vayson ait à lui faire compte de trente-sept mille deux cent dix francs qu'il aurait reçus pour son neveu, qui s'est réservé de prouver par toutes les voies de droit que cette somme lui est due.

Attendu que les parties ont été, en cet état renvoyées à l'audience du cinq novembre.

Oui à l'audience dudit jour M. le Juge-Commissaire en son rapport.

Oui à l'audience des cinq et dix-neuf novembre les avocats des parties en leurs conclusions et plaidoiries.

Attendu que la cause présente à résoudre les six questions suivantes :

1° En ce qui concerne la demande directe de Maximilien Vayson.

1° Maximilien Vayson a-t-il droit aux trois cent neuf mille sept cent trente-sept francs quatre-vingt-quatorze centimes qu'il réclame à son neveu?

2° Maximilien Vayson a-t-il droit à demander compte de la gestion de la filature de Pont-Remy, après le trente-un mars mil huit cent cinquante-cinq ?

3° Maximilien Vayson a-t-il droit aux quatre mille francs de loyer annuel pour les bâtiments des Villancourt ?

II. En ce qui concerne la demande reconventionnelle de Jean-Antoine Vayson ?

1° Jean-Antoine Vayson a-t-il droit a être crédité de quinze mille quatre cent vingt francs d'effets, remis par M. Magnier, banquier, à Mme Vayson et touchées depuis son décès par Maximilien Vayson ?

2° Jean-Antoine Vayson a-t-il droit à être crédité de onze mille sept cent quatre-vingt-dix francs de valeurs qui auraient été touchées par Maximilien Vayson, alors que ces valeurs étaient primitivement portées sur les livres de banque au nom de Mme Vayson ?

3° Jean-Antoine Vayson a-t-il droit à être crédité de dix mille francs provenant, en or, de Mme Vayson et qui seraient restés depuis sa mort aux mains de Maximilien Vayson, son mari.

1° *Sur la première des questions de la demande directe : Maximilien Vayson a-t-il droit aux trois cent neuf mille sept cent trente-sept francs quatre-vingt-quatorze centimes qu'il réclame à son neveu ?*

Attendu que Maximilien Vayson n'a pas d'autres points d'appui pour sa demande que les livres de la maison de commerce, mais que les mêmes livres, s'ils sont invoqués pour établir la créance de l'oncle, sont également invoqués pour établir la libération du neveu ?

Attendu en effet que du moment où ces livres prouvent qu'au trente-un mars mil huit cent cinquante-cinq les écritures ont été passées de manière à éteindre la dette de Jean-Antoine Vayson envers Maximilien Vayson, ce dernier ne peut plus exciper de leur autorité comme si elles étaient exclusivement en sa faveur.

Attendu que ce point de fait vérifié par le tribunal n'admet pas de contestation.

Attendu qu'il deviendra évident que Maximilien Vayson a réellement fait remise à son neveu des trois cent neuf mille sept cent trente sept francs quatre-vingt-quatorze centimes qu'il lui réclame aujourd'hui, s'il est démontré que c'est sur son indication, que c'est par sa volonté que les écritures ont été passées ainsi.

Attendu que cette indication, cette volonté de Maximilien Vayson sont pleinement établies par une note écrite de sa propre main, enregistrée à Abbeville, le treize novembre mil huit cent cinquante-huit, par le sieur Debray, qui a perçu deux francs vingt centimes, pour droit et décime et soixante-dix centimes pour timbre, note de laquelle il résulte qu'il n'a pas voulu être crédité des trois cent neuf mille sept cent trente-sept francs quatre-vingt-quatorze centimes qu'il réclame, et qu'il ne l'a pas voulu parce que *Jeannin en est donataire.*

Attendu, au contraire, qu'il a, dans cette même note, arrêté le compte de *ce qui lui restait dû,* et qu'en en fixant le chiffre à cinq cent vingt-quatre mille trente-neuf francs, il a dit que cette somme resterait aux mains de son neveu.

Que c'est donc bien au vu et au su de Maximilien Vayson, d'après son indication écrite, d'après sa volonté formelle, qu'ont été passées en leur temps les écritures dont se prévant Jean-Antoine Vayson.

Attendu que ce mode de libéralité, par voie d'écritures passées, n'est pas nouveau pour Maximilien Vayson qui l'avait employé précédemment et lors de la cession du vingt-huit février mil huit cent cinquante, où, d'un simple trait de plume, il a constitué à son neveu des avantages *très considérables,* enfin d'inventaire *par suite,* est-il dit *de diverses déductions,* et dans les projets de contrat de mariage préparé antérieurement, projet au sujet auquel il écrivait de Paris à son neveu. « Le notaire veut une » donation, je lui ai dit que c'était *par factures que les marchandises ont » été livrées, ainsi que les ustensiles et le matériel industriel.»*

Attendu que Maximilien Vayson ne peut équivoquer soit sur le sens, soit sur le but de la note dont il s'agit ;

Qu'en retirant de sa créance les trois cent neuf mille sept cent trente-sept francs quatre-vingt-quatorze centimes qui font l'objet du litige et en ajoutant qu'il les déduit parce que *Jeannin est donataire*, il reconnaissait bien et dûement lui avoir fait remise de cette somme.

Attendu, en effet, que s'il en eût été autrement, ce n'est pas par cinq cent vingt-quatre mille cinq cent trente-neuf francs que se serait balancé le crédit de Maximilien Vayson, mais bien par huit cent trente-quatre mille deux cent soixante-seize francs quatre-vingt-quatorze centimes.

Attendu que de l'ensemble des faits constatés et raisonnés, il ressort clairement que l'oncle avait fait au neveu, le trente-un mars mil huit cent cinquante-cinq, la remise des trois cent neuf mille sept cent trente-sept francs quatre-vingt-quatorze centimes sur lesquels il essaie de revenir aujourd'hui.

Attendu que vainement Maximilien Vayson voudrait prétendre que cette note n'avait été remise et la passation des écritures opérée en conséquence, qu'à raison d'un mariage qui ne s'est point accompli.

Que cette explication contredirait positivement ce fait avancé à l'audience même par l'avocat de Maximilien Vayson et consigné d'ailleurs dans ses conclusions, qu'il se proposait alors de constituer une dot de douze cent mille francs ; qu'en effet, si la note, dont il s'agit, eût tendu à déterminer le chiffre de cette dot, il est naturel de penser que Maximilien Vayson, au lieu de faire remise seulement des trois cent neuf mille sept cent trente-sept francs quatre-vingt-quatorze centimes et de retenir les cinq cent quatre-vingt-quatre mille cinq cent trente-neuf francs, eût formé un bloc de ces deux sommes et fait remise de huit cent trente-quatre mille deux cent soixante-seize francs quatre-vingt-seize centimes.

Attendu que la remise des trois cent neuf mille sept cent trente-sept francs quatre-vingt-quatorze centimes a eu lieu, d'abord, sans aucune condition, comme en témoignent les écritures de Jean-Antoine Vayson, dictées par Maximilien Vayson.

Que les intérêts, demandés depuis, on dû être subis par le neveu, comme une charge imposée après coup, charge que la position délicate d'un enfant adopté, en fait, sinon en droit, ne lui permettait pas de décliner à cause de sa reconnaissance pour le passé, à cause des ménagements que commandait l'avenir.

Attendu que la mention, sur les livres, du paiement *à valoir*, qui réduisait à trois cent neuf mille sept cent trente-sept francs quatre-vingt-quatorze centimes la dette de Jean-Antoine Vayson, ne prouve rien contre lui à la date du trente-un mars, dont on a essayé vainement, pour les besoins de la cause, de faire le premier avril.

Que cette mention a dû précéder, et a effectivement précédé la remise faite par l'oncle du reliquat connu, trois cent neuf mille sept cent trente-sept francs quatre-vingt-quatorze centimes.

Attendu que cette remise, faite à l'origine purement et simplement, s'explique pour tout le monde, quand on sait, (ce qui était, du reste, du domaine de la notorité publique, à Abbeville,) que Jean-Antoine Vayson était l'objet unique de la prédilection de Maximilien Vayson, son oncle, l'objet unique de la prédilection de Mme Vayson, sa tante, qui existait encore le trente-un mars mil huit cent cinquante-cinq et qui descendait dans la tombe en juillet mil huit cent cinquante-six, avec la conscience intime que Jean-Antoine Vayson était bien et complètement donataire, d'après la remise qui lui avait été faite le trente-un mars mil huit cent cinquante-cinq, et qu'il n'y avait aucun retour facheux à craindre sous ce rapport.

Attendu qu'il ne s'agit plus, désormais, que de rechercher si cette remise du trente un mars est suffisamment prouvée.

Attendu que Maximilien Vayson se retranche, bien malencontreusement, derrière les moyens de droit, pour faire croire, dans l'espèce, à l'existence d'une donation entre-vifs, d'une donation entre-vifs proprement dite, laquelle serait restée imparfaite, faute des formes authentiques pour la consacrer, donation qui, étant dès lors nulle radicalement dans son principe, le serait également dans ses conséquences; qu'il n'est pas possible de prendre ainsi le change, en sorte que tous les efforts pour triompher ici de l'équité par la légalité ne sauraient aboutir.

Attendu que l'intention de libéralité de Maximilien Vayson envers son neveu ne peut être un instant méconnue, et que cette intention n'a pas eu besoin, pour passer à l'état de fait accompli, de l'intervention solennelle d'un notaire.

Attendu que la remise de dette est la libération (Dalloz, n. rep. T. XXXIX, p. 73, 1re colonne,) du débiteur volontairement accordée par le créancier; qu'elle constitue .... (Duranton, T. XII, p. 450, n° 341) *une espèce de donation*; qu'elle a, comme libéralité (Troplong, Don. T. III, p. 1076), une nature toute spéciale; qu'elle peut être faite même avec conditions; (Limoges. 9 juillet. 1821. — C. ry, 2 avril 1823. Pottier. Duranton. Dalloz, anc. rép. oblig. n° 8) qu'elle n'est d'ailleurs assujettie à aucune formalité particulière: (C. ry. 2 janvier 1843. Toullier, T. 7, nos 322, 323. Rolland de Villargues, rep. du not. V° remise de dette, n° 3. Duranton, T. XII, n° 336. Dalloz, anc. rep. obli. ch. v, son 3me note au n° 8. Domat cité par Toullier, au n° 336, t. VII.); qu'elle peut être établie par tous les genres de preuves qui sont de droit commun.

Attendu que la note écrite par Maximilien Vayson, est, pour Jean-Antoine Vayson, un titre libératoire des trois cent neuf mille sept cent trente-sept francs quatre-vingt-quatorze centimes, dont son oncle lui a fait la remise volontaire après arrêté de compte ; que la passation des écritures sur des livres que Maximilien Vayson avait constamment dans les mains, est une nouvelle preuve de cette remise.

Attendu qu'en n'attribuant même à ces documents que la valeur d'un commencement de preuve par écrit, il suffirait, avec les autres éléments de la cause, pour faire rejeter la demande de Maximilien Vayson.

Attendu que d'après la doctrine et la jurisprudence (Cour de Caen, 3 mai 1826. C. cassation, 11 novembre 1806) « on doit considérer comme » formant une présomption suffisante de remise de la dette, la réunion » de ces circonstanees que le créancier et le débiteur étaient parents; » que plusieurs arrêtés de compte ont été faits entre les parties sans » qu'il y soit fait mention de la dette.»

Que dans l'espèce il n'est pas indifférent d'ajouter que Jean-Antoine Vayson a été élevé et chéri, de vieille date, par son oncle et que la lettre du neuf août mil huit cent cinquante-six prouve que ce dernier s'était dépouillé à son profit, puisque dans cette lettre il rappelle à son neveu la fortune qu'il lui a *mise en main*.

Attendu que l'acceptation par acte authentique qu'on a intérêt à faire considérer comme nécessaire ici, était inutile, alors qu'il suffisait d'une acceptation même tacite. (Toullier, 323, Dalloz, don manuel, 1603.)

Que cette acceptation existe par le fait seul des écritures passées par le neveu et bien avant la révocation signifiée par l'oncle.

Attendu que Maximilien Vayson ne peut nier que le treize août mil huit cent cinquante-six, à une époque où certe aucun mariage n'était en jeu, il a fait une déclaration écrite qu'il *donnait* à Jean-Antoine Vayson, *dès ce jour*, sans réserver d'intérêts, sa vie durant et avec la condition de retour en cas de survie, les trois cent neuf mille sept cent trente-sept francs quatre-vingt-quatorze centimes qu'il réclame.

Que cette déclaration, impossible à méconnaître, est une nouvelle preuve de la remise faite par lui, à son neveu, de la nue-propriété de cette somme; que la réserve au cas de survie ne constitue qu'une condition casuelle parfaitement licite qui n'a rien de commun avec les dons à cause de mort (Dalloz, n° 1360).

Que vainement encore Maximilien Vayson soutient que cette déclaration aurait dû être faite dans la forme authentique, à cause des conditions et des réserves qu'elle imposait, puisque tous les auteurs décident, non-seulement que la remise de la dette peut être faite, soit par lettre, soit de toute autre manière (Duranton, n° 358. Dalloz, anc. rep. p. 612, n° 8, n. rep. 1658 pour les dons manuels) mais encore qu'elle peut être faite *à terme partiellement et sous conditions*; (Dalloz, anc. rep. p. 612, n° 8.) qu'il est donc incontestable que, même dans son système, Maximilien Vayson aurait fait remise de la nue-propriété de la créance dont il s'agit.

Attendu que Maximilien Vayson oppose à son neveu l'inscription faite par lui à l'encre rouge en marge à la déclaration du treize août mil huit cent cinquante-six et qu'il en conclut bien illogiquement qu'il n'y aurait pas eu de remise antérieurement faite; comme si la note qui sert de base aux écritures du trente-un mars n'existait pas; que cette inscription tardive révélerait tout au plus le regret de ce qu'on a fait et le désir de démolir, s'il eût été possible encore, l'édifice qu'on avait construit.

Attendu que Maximilien Vayson pourrait peut-être tirer de cette inscription marginale la conséquence que Jean-Antoine Vayson avait accepté alors des conditions dont était originairement exempte la remise des trois cent neuf mille sept cent trente-sept francs quatre-vingt-quatorze centimes, mais qu'il ne peut, tout à la fois faire considérer la déclaration comme nulle, d'une part, et, de l'autre, l'opposer à son neveu, comme si elle était valable.

Qu'en effet, si cette déclaration est nulle, elle ne peut produire aucun effet et n'empêche pas la remise, antérieurement faite, de conserver toute sa valeur.

Attendu que l'argument tiré, contre Jean-Antoine Vayson, de ce que Maximilien Vayson dit que son neveu est *donataire*; de ce qu'il emploie à son égard le mot *donner* et non le mot *remettre;* que cet argument ne saurait être accueilli, d'abord, parce que la remise de dette est une sorte de donation; ensuite, parce qu'il serait aussi injuste qu'absurde, d'exiger d'un homme, étranger à la jurisprudence, qu'il soit astreint à employer exclusivement les mots techniques de la science du droit, dans le sens rigoureux de l'école; que c'est en effet l'intention de celui qui parle qu'il faut, avant tout, saisir dans son expression.

Attendu que Maximilien Vayson invoque à tort la lettre sans date qu'il a écrite à son neveu, lettre dans laquelle il lui dit qu'il ne manque aux avantages qu'il lui a constitués que d'être dans la forme voulue par la loi.

Qu'il suffit de répondre à Maximilien Vayson que, jusque dans cette même lettre, il reconnait avoir fait des *donations* dont il sait que la preuve est *dans les livres* et *dans sa déclaration*.

Que la lettre du neuf août mil huit cent cinquante-six concorde avec cette explication ; que l'on ne comprend pas, d'ailleurs, pourquoi il aurait constitué à son neveu, qui était encore son enfant alors, des avantages purement illusoires.

Attendu que le système plaidé pour Maximilien Vayson, qu'il avait eu des intentions, mais des intentions qu'il n'avait jamais réalisées ; que ce système ne serait pas moins contraire à la loyauté du caractère de l'homme qu'à la vérité des faits, tels qu'ils étaient connus.

A la loyauté du caractère de l'homme : puisque Maximilien Vayson, en faisant à son neveu des libéralités chimériques, aurait fait de lui le jouet d'une erreur perpétuelle, d'une tromperie permanente.

A la vérité des faits connus : puisque personne n'ignorait, à Abbeville, toute l'affection de Maximilien Vayson pour Jean-Antoine Vayson et les conséquences pécuniaires qu'elle avait produites.

Attendu, au surplus, qu'il s'agit de savoir, non pas ce que Maximilien Vayson pense et voudrait faire penser des avantages qu'il a faits, mais si ces avantages sont valables réellement.

Que la copie de la lettre sans date, transcrite par le neveu, sur la demande de l'oncle, ne saurait annuler ce qui a été valablement fait, cette copie n'étant que la reproduction de l'opinion émise par son oncle dans des circonstances que tout le monde peut apprécier.

Attendu, en effet, que Maximilien Vayson, jusqu'au décès de Mme Vayson, n'a pas laissé ignorer les libéralités qu'il avait faites à Jean-Antoine Vayson, libéralités qu'il semble avoir travaillé à ressaisir depuis.

2° Sur la deuxième question de la demande directe : Maximilien Vayson a-t-il droit à demander compte de la gestion de la filature de Pont-Remy, après le trente-un mars mil huit cent cinquante-cinq ?

Attendu que c'est Maximilien Vayson qui a fixé lui-même au trente-un mars mil huit cent cinquante-cinq le terme de la gestion de Pont-Remy, que c'est lui qui a fait l'arrêté de compte de cette gestion ; que la pièce émanée de lui ne permet nullement qu'il vienne réclamer un nouveau compte de gestion auquel il a formellement renoncé à dater du trente-un mars mil huit cent cinquante-cinq.

Attendu qu'on parle en vain, à ce propos, de machines et d'un brevet qui auraient été payés par Maximilien Vayson, puisque, d'une part, les machines auraient été achetées avant mil huit cent cinquante-cinq, c'est-à-dire à l'époque ou le neveu gérait pour l'oncle ; et que, d'autre part, le brevet étant pris au nom de l'oncle, ce ne devait pas être au neveu d'en acquitter le montant.

3° Sur la troisième question de la d·mande directe :

Maximilien Vayson a-t-il droit aux quatre mille francs de loyer pour les bâtiments des Villancourt ?

Attendu que Maximilien Vayson, après avoir, dans une des premières séances de renvoi, devant M. le Juge-Commissaire, réclamé quatre mille francs de loyer annuel pour les Villancourt a, dans une séance ultérieure, abandonné la réclamation, et qu'il en a déjà été donné acte à Jean-Antoine Vayson.

II. Demande reconventionnelle de Jean-Antoine Vayson.

Sur la première question : Jean-Antoine Vayson a-t-il droit à être crédité de quinze mille quatre cent vingt francs d'effets remis par M. Magnier, banquier, à Mme Vayson et touchés depuis son décès par Maximilien Vayson?

Attendu que les livres de M. Magnier, interrogés sur ce chapitre, ne permettent pas de douter que ces quinze mille quatre cent vingt francs, appartenant à Mme Vayson, ont été, après sa mort, encaissés par Maximilien Vayson, son époux survivant.

Sur la deuxième question : Jean-Antoine Vayson a-t-il droit à être crédité de onze mille sept cent quatre-vingt-dix francs de valeurs qui auraient été encaissées par Maximilien Vayson, alors que ses valeurs étaient primitivement portées sur les livres du banquier au nom de Mme Vayson ?

Attendu que le vingt-six juin mil huit cent cinquante-six, il entrait chez MM. Magnier, banquiers, ainsi que le constate leurs livres de caisse, une somme de onze mille sept cent quatre-vingt-dix francs provenant de Mme Vayson.

Attendu que le vingt-huit octobre suivant ces onze mille sept cent quatre-vingt-dix francs, convertis en douze mille francs d'effets inscrits au nom de Mme Vayson, sortaient, comme l'indique le livre de bordereaux, au nom de Maximilien Vayson.

Attendu que, mis en présence des registres du banquier, il a été facile au tribunal de voir que du mot abrégé madame *Mme*, on avait fait, par une surcharge, le mot abrégé Maximilien, *Men*, en sorte qu'une entrée faite au nom de Mme Vayson se soldait par une sortie au nom de Maximilien Vayson, ce qui est essentiellement irrégulier.

Attendu que dans l'impossibilité de s'édifier complètement sur les motifs de la surcharge dans laquelle le banquier du reste est absolument désintéressé, et qui paraît exclusivement imputable à la négligence d'un commis qui aura voulu se dispenser par là d'une passation d'écritures, le tribunal a éprouvé un embarras réel.

Qu'il s'est demandé, en conséquence, si c'était dans l'inscription de l'entrée au nom de Mme Vayson, ou bien dans l'inscription de Maximilien Vayson à la sortie, que consistait l'erreur commise.

Que dans de telles conditions le tribunal s'est trouvé dépourvu d'éléments pour statuer avec certitude, n'ayant sous les yeux qu'un simple commencement de preuve par écrit.

Attendu que Jean-Antoine Vayson défère le serment à Maximilien Vayson, son oncle, sur la question de savoir si les douze mille francs effets, représentant les onze mille sept cent quatre-vingt-dix francs, capital, n'étaient pas la propriété personnelle de Mme Vayson.

Sur la troisième question : Jean-Antoine Vayson a-t-il droit à être crédité de dix mille francs en or, qui, provenant de Mme Vayson, auraient été néanmoins, depuis sa mort, conservés par Maximilien Vayson ?

Attendu que ce chef, qui est totalement dénué de preuve, le tribunal l'aurait écarté purement et simplement, sans recourir au serment d'office, et ce conformément à l'article treize cent soixante-sept du Code Napoléon.

Mais attendu que le serment décisoire peut être déféré sur quelqu'espèce de contestation que ce soit (C. n° 1358.)

Qu'il ne peut être déféré que sur un fait personnel à la partie à laquelle on le défère (C. n° 1359.)

Qu'il peut être déféré en tout état de cause et encore qu'il n'existe aucun commencement de preuve de la demande (C n° 1360).

Attendu que Jean-Antoine défère le serment à Maximilien Vayson, son oncle, sur le point de savoir s'il n'a pas conservé une somme de dix mille francs en or qui, provenant de Mme Vayson, reviendrait de droit à son légataire universel.

Attendu, vis-à-vis du serment décisoire qui lui est déféré sur la deuxième et sur la troisième question de la demande reconventionnelle, que Maximilien Vayson excipe de son âge et de ses infirmités afin de n'avoir point à faire un voyage long et pénible dans une saison rigoureuse, pour prêter serment devant le tribunal de commerce d'Abbeville ; qu'il demande à jouir du bénéfice d'une commission rogatoire qui puisse recevoir son serment, sans déplacement pour lui-même.

Vu les dispositions de l'article cent vingt-un du Code de procédure civile ainsi conçues « le serment sera fait par la partie en personne et » à l'audience ; dans le cas d'un empêchement légitime et dûment » constaté, le serment pourra être prêté devant le juge que le tribunal » aura commis... Si la partie à laquelle le serment est déféré est trop » éloignée, le tribunal pourra ordonner qu'elle prêtera le serment devant » le tribunal au lieu de sa résidence... Dans tous les cas, le serment sera

» fait en présence de l'autre partie où elle dûment appelée... par exploit » contenant l'indication du jour de la prestation. »

Partous ces motifs et statuant en premier ressort, tant sur la demande directe de Maximilien Vayson contre Jean-Antoine Vayson, que sur la demande reconventionnelle de Jean-Antoine Vayson contre Maximilien Vayson.

I. Demande directe :

1° Sur la demande de Maximilien Vayson afin de paiement, par Jean-Antoine Vayson, de trois cent neuf mille sept cent trente-sept francs quatre-vingt-quatorze centimes.

Déclare Maximilien Vayson non recevable.

2° Sur la demande afin de reddition de compte, par Jean-Antoine Vayson, en ce qui regarde la gestion de Pont-Remy, à dater du trente-un mars mil huit cent cinquante-cinq.

Déclare Maximilien Vayson non recevable.

3° Sur la demande des loyers à payer par Jean-Antoine Vayson sur le pied de quatre mille francs par an pour les bâtiments des Villancourt.

Dit qu'il n'y a plus lieu à statuer.

II. Demande reconventionnelle.

1° Sur la première demande reconventionnelle de Jean-Antoine Vayson, relative aux quinze mille quatre cent vingt francs d'effets, remis par le banquier à Mme Vayson et touchés après elle par Maximilien Vayson.

Déclare Jean-Antoine Vayson bien fondé.

2° Sur la deuxième demande relative à onze mille sept cent quatre-vingt-dix francs de valeurs qui auraient été encaissés par Maximilien Vayson, bien qu'inscrites d'abord au nom de Mme Vayson.

3° Et sur la troisième, relative à dix mille francs en or, que Maximilien Vayson aurait conservés dans ses mains depuis le décès de sa femme, à laquelle ils auraient appartenus, pourquoi ils appartiendraient aujourd'hui à son légataire universel.

Remet à prononcer jusqu'à ce que le serment déféré sur ces deux chefs, ait été prêté par Maximilien Vayson.

Délègue pour recevoir ce double serment, le tribunal civil de première instance de Carpentras, jugeant commercialement.

Condamne, en conséquence, Maximilien Vayson à payer à Jean-Antoine Vayson la somme de quinze mille quatre cent vingt francs, réduite toutefois à cause des huit mille quatre-vingt-quatre francs trente centimes, dont Jean-Antoine Vayson s'est reconnu débiteur par devant M. le Juge-

Commissaire, à celle de *sept mille trois cent trente-cinq francs soixante-dix centimes.*

Surseoit jusqu'après les serments prêtés pour maintenir ou pour augmenter, selon qu'il y aura lieu, ce chiffre de sept mille trois cent trente-cinq francs soixante-dix centimes.

Condamne Maximilien Vayson à en payer *les intérêts suivant la loi.*

Condamne enfin Maximilien Vayson aux dépens dans lesquels entreront le coût du présent jugement, enregistrement et signification d'icelui ; Signé : A. Courbet-Poulard et Ch. Doudet.

Ainsi fait, jugé et prononcé à l'audience publique ordinaire, tenue le vendredi dix décembre mil huit cent cinquante-huit, à deux heures de relevée, au tribunal de commerce de terre et de mer d'Abbeville, rue St-Gilles, par MM. A. Courbet-Poulard, président, A. Lottin, A. Delignières, juges présents, MM. Devillepoix et Palaize, juges suppléants, Ch. Doudet, greffier.

CONCLUSIONS

POUR

M. Jean VAYSON, *intimé;* **Me Mitiffeu.**

CONTRE

M. Maximilien VAYSON, *appelant.* **Me Machart.**

Il plaira à la Cour :

Considérant qu'à l'époque du 28 février 1850, Jean Vayson, jeune homme de 22 ans, sans fortune personnelle, succédait à son oncle, Maximilien Vayson, dans la double exploitation de la fabrique de tapis d'Abbeville et de la filature de Pont-Remy.

Que Jean Vayson eût certainement reculé devant une pareille entreprise, s'il avait dû subir les conditions qu'une cession d'affaires aussi importantes aurait comportées pour un étranger.

Mais qu'élevé par son oncle et par sa tante, qui l'avaient toujours traité publiquemment et notoirement comme leur enfant, c'était à ce titre qu'il était appelé à remplacer Maximilien Vayson, projet depuis longtemps arrêté et dont on avait hâté autant que possible la réalisation, en familiarisant de bonne heure Jean Vayson avec les opérations du commerce et de la fabrication et en lui confiant, à l'âge de 20 ans, la direction de la fabrique d'Abbeville.

Qu'on ne fut donc pas surpris de voir Jean Vayson prendre possession de sa nouvelle position, sous les auspices les plus favorables, et se trouver, dès le commencement, affranchi par la libéralité de son père adoptif, de presque toutes les charges qui pèsent d'ordinaire sur le successeur au profit de celui qu'il remplace.

Que si Jean Vayson était ainsi l'objet d'une affection toute paternelle de la part de Maximilien Vayson, son oncle, il avait au même degré l'affection de Mme Vayson qui lui en laissait à son décès un dernier témoignage, en lui assurant toute sa fortune (environ 200,000 fr.) par un legs universel (14 juillet 1856)

Que tant que Mme Vayson vécut, l'affection de Maximilien Vayson pour son neveu ne s'est pas un seul instant démentie, et qu'il n'a cessé de la proclamer partout et en toute circonstance, en rappelant les libéralités dont il s'était plu à gratifier son enfant d'adoption.

Mais qu'après la mort de sa femme, Maximilien Vayson, obéissant à l'influence de parents, habitant le midi de la France, n'a pas seulement répudié cette paternité fictive et cessé de donner à son neveu de nouvelles marques de sa libéralité, mais qu'il en est arrivé par degré à vouloir ressaisir tout ce qu'il avait donné.

Que deux procès ont été intentés par Maximilien Vayson, contre son neveu, l'un devant le tribunal de commerce d'Abbeville, dont le jugement, frappé d'appel par Maximilien Vayson, est déféré à l'appréciation de la Cour, et donne lieu à des conclusions spéciales; l'autre devant le tribunal civil, dont le jugement, également frappé d'appel par Maximilien Vayson, est l'objet des présentes conclusions.

Considérant qu'à la date du 5 avril 1858, Maximilien Vayson a fait signifier à son neveu qu'en sa qualité de propriétaire, il lui a donné congé pour, dans six mois dudit jour, cesser d'occuper : 1° les bâtiments dits des Villancourt ; 2° les maison, bâtiments, cour, jardin et dépendances à usage de filature, le tout d'une superficie d'environ 85 ares 80 centiares, et sis à Pont-Remy.

Que, par le même acte, sommation était faite à Jean Vayson de remettre à l'expiration dudit délai les dites manufacture et filature, tel que le tout lui avait été remis aux charges de la loi et suivant *l'usage des occupeurs sans bail écrit*.

Que, le 16 du même mois, il faisait signifier, paraît-il, congé pour :

1° les appartements occupés par l'intimé dans une maison située à Abbeville, chaussée Marcadé, n° 57 ; 2° les bâtiments, circonstances et dépendances de la teinturerie établie dans la même maison.

Que cette maison, qui était un propre de Mme Vayson, appartient en nue-propriété à l'intimé, et en usufruit à l'appelant, en vertu d'une clause du contrat de mariage de celui-ci.

Que, par le même acte, sommation était faite à Jean Vayson, à la requête de son oncle, de *rendre et restituer*, après leur mise en bon état et dans le délai légal : 1° tout le matériel de la teinturerie ; 2° le matériel industriel des usines des Villancourt, à usage de fabrique de tapis, dits moquettes, et de Pont Remy, à usage de filature.

Qu'à la date du 30 octobre 1858, Maximilien Vayson a fait assigner son neveu devant le Tribunal civil d'Abbeville : 1° en validité de son congé et en remise immédiate des bâtiments et locaux y désignés.

2° Pour voir dire qu'il serait condamné à remettre et délaisser en bon état de réparations tout le matériel des Villancourt, de la teinturerie et de la filature de Pont-Remy, *qui lui avait été confié* par Maximilien Vayson.

3° En dommages-intérêts à donner par état.

Considérant que cette demande a été combattue par Jean Vayson, qui a conclu à ce que Maximilien Vayson fût déclaré non recevable et mal fondé dans sa demande, en revendication du mobilier industriel d'Abbeville et de Pont-Remy.

Qu'il a conclu, en même temps, à ce que les congés signifiés fussent déclarés nuls et subsidiairement à ce que les parties comparussent en personne pour s'expliquer sur les conditions du bail qui avait été consenti verbalement par M. Maximilien Vayson à son neveu.

Considérant qu'un jugement contradictoire du tribunal civil d'Abbeville, en date du 7 mars 1859 (*), décide que la propriété des mobiliers industriels de la fabrique de tapis d'Abbeville, de

(*) Le texte de ce jugement est à la suite des présentes conclusions.

la teinturerie et de la filature de Pont-Remy a été valablement transmise sur facture à Jean Vayson, et que la propriété lui en a été valablement aussi transférée, quoique la vente ne fût, au fond, qu'une donation déguisée sous la forme d'un acte à titre onéreux.

Que ce même jugement décide qu'il n'y a pas eu de bail entre les parties ; que Maximilien Vayson est toujours resté en droit de faire sortir Jean Vayson des bâtiments des Villancourt, de la teinturerie, situés à Abbeville, et de la filature de Pont-Remy.

Qu'il déclare, en conséquence, bons et valables les congés signifiés, en fixant néanmoins pour la sortie les terme et délai de deux ans, à partir du jour où les congés ont été signifiés, et en décidant qu'à partir du terme de six mois, accordé par les congés, la jouissance gratuite ayant cessé, Jean Vayson sera tenu de payer à son oncle la valeur locative desdits bâtiments et filature, pour le temps qu'il aura continué à en jouir depuis ce délai, ce dont il sera fait compte sur état.

Que ledit jugement ordonne qu'à sa sortie des lieux, Jean Vayson sera tenu de les remettre en bon état de réparation.

Qu'enfin le tribunal compense les dépens et dit que les coût, levée et signification du jugement seront supporté, par moitié par chacune des parties.

Que Maximilien Vayson a interjeté appel de ce jugement au chef qui repousse sa demande, en revendication des matériels d'Abbeville et de Pont-Remy.

En ce qui touche la question de savoir si ce n'est pas avec raison que la prétention de l'appelant a été repoussée :

Considérant que, sans revenir ici sur les détails donnés à l'occasion du premier procès, il suffira de rappeler que, dès le 1er mars 1850, Jean Vayson était en fait, et dans l'intention de Maximilien Vayson, nu-propriétaire du capital formant la balance d'inventaire de l'appelant au 28 février 1850, sous la seule condition d'en servir les intérêts à son oncle.

Qu'on a fait remarquer qu'il était, en même temps, propriétaire absolu, et sans condition ni réserve, du prix de facture du mobilier indnstriel d'Abbeville.

Que ce dernier point, qu'il importe de relever ici, est démontré de la manière la plus positive et la plus complète par l'établissement du compte capital de Jean Vayson, dans lequel il porte comme l'un des éléments de son *actif net* au 31 mars 1850 (619,034 fr. 84 c.), le mobilier industriel d'Abbeville, dont il passe écriture en ces termes :

« J'ajoute de plus le mobilier industriel que j'ai acquis de M.
» Vayson mon oncle, sur facture, et que j'évalue à 100,000 fr.,
» que je me propose d'amortir en prenant 10 p. 0/0 d'intérêt
» chaque année, ci . . . . 100,000 fr.

Qu'il n'est peut-être pas inutile de faire observer que, de la déclaration signée par Maximilien Vayson sur le livre de Jean Vayson, au bas du résumé de l'inventaire, il résulte que les parties s'étaient entendues et réglées sur l'importance du matériel de la fabrique et de la filature de Pont-Remy.

Qu'on peut ajouter que, du moment où il était bien décidé, au moins pour Abbeville, que Jean Vayson succédait à son oncle et prenait les affaires à son compte, il était impossible qu'il n'y eût pas un parti arrêté relativement au matériel industriel qui, d'une part, était indispensable pour la fabrication des tapis, et qui, d'autre part, devait varier incessamment dans sa valeur et dans sa consistance, par suite de la dépréciation commerciale et par suite des changements, remplacemeuts, améliorations et additions qui devaient nécessairement s'opérer dans le cours de la fabrication.

Qu'il fallait donc que Jean Vayson devînt propriétaire du mobilier industriel d'Abbeville, et que l'accord à établir entre les parties ne pouvait porter que sur le prix de ce mobilier, s'il n'était pas cédé gratuitement.

Que l'écriture passée au compte capital de l'intimé prouve que les parties se sont entendues pour que la propriété du mobilier fût transmise à Jean Vayson, sur facture, et pour qu'il fût dispensé d'en payer le prix.

Que cette écriture, passée sous les yeux et avec le consentement de Maximilien Vayson, suffit à elle seule pour repousser la prétention de ce dernier de se faire remettre, après dix années écoulées, un mobilier industriel qui ne peut plus être le même que celui qu'il a cédé gratuitement en 1850.

Que l'on doit faire remarquer encore que, si Jean Vayson se constitue propriétaire d'un matériel de 100,000 francs, *actif net*, il ne porte point au débit de son compte personnel ni au crédit du compte personnel de M. Vayson, la valeur représentative de ce matériel, et qu'en aucun temps, en aucune circonstance, Maximilien Vayson n'a élevé de réclamation à cet égard.

Considérant qu'au 31 mars 1855, alors que Maximilien Vayson voulant régler complètement sa situation et celle de son neveu, non seulement par rapport à la fabrique d'Abbeville, mais en même temps relativement à la filature de Pont-Remy, faisait un compte général et donnait ses ordres pour les écritures à passer, il n'a nullement songé à se constituer créancier de la valeur du mobilier industriel d'Abbeville.

Qu'il ne pouvait évidemment pas songer à le revendiquer, non-seulement parce qu'il n'en était plus propriétaire, mais parce que, bien loin de vouloir alors entraver l'exploitation de son neveu à Abbeville, il se décidait enfin à lui abandonner pour l'avenir les bénéfices de la filature de Pont-Remy, et à le constituer acheteur libéré du mobilier de cette filature, de la même manière qu'il avait fait pour le mobilier industriel des Villancourt et de la teinturerie.

Qu'en effet, au nombre des écritures passées le 31 mars 1855, se trouve celle ci : « *Mobilier industriel* 65,000 *francs, montant du mobilier » industriel de Pont-Remy* QUE J'AI ACQUIS *de M. Vayson, mon oncle, et » et pour laquelle somme de* 65,000 *francs il m'a donné* FACTURE ACQUITTÉE, 65,000 fr. *ci* . . . . 65,000 fr.

Que cette écriture démontre en fait, que Jean Vayson est devenu propriétaire de mobilier industriel de Pont-Remy le 31 mars 1855, comme conséquence du règlement général de la situation qui mettait désormais Pont-Remy à son compte et à ses risques, au même titre que la fabrique d'Abbeville.

Qu'en effet, les mêmes raisons rendaient absolument nécessaire la transmission de la propriété du matériel de Pont-Remy à Jean Vayson, et l'écriture passée prouve que l'on a suivi exactement la même marche qu'en 1850, c'est-à-dire une cession par facture, avec remise du montant de cette facture.

Que ce ne serait pas sérieusement que Maximilien Vayson voudrait prétendre qu'il a ignoré l'existence de cette écriture, puisqu'il n'a jamais réclamé le report, à son compte personnel, des 65,000 francs formant l'importance du matériel dont il s'agit.

Qu'il a, au surplus, évidemment vérifié si toutes les écritures du 31 mars 1855 étaient bien conformes aux ordres qu'il avait donnés, et à la situation nouvelle qu'il entendait assigner aux deux parties pour l'avenir.

Qu'il y a donc, dès à présent, preuve certaine en fait, par des écritures qui ne peuvent être suspectes, que Jean Vayson est propriétaire et acheteur libéré, par remise de dette, des deux matériels d'Abbeville et de Pont Remy.

Que cette preuve n'est pas la seule, et qu'elle est confirmée par des documents nombreux et péremptoires.

Considérant qu'après avoir fait écrire sur le livre ouvert par son neveu, en 1850, que celui-ci avait acquis le mobilier industriel d'Abbeville, sur facture, Maximilien Vayson, faisant lui-même la clôture de son inventaire personnel en 1850, inscrivait cette mention : « Que la FACTURE *comprenait tous les objets garnissant la fabrique et » généralement tout ce qui existait dans l'établissement.* »

Qu'il est donc évident que Maximilien Vayson avait, dès 1850, transmis à son neveu, au moyen d'une cession, la propriété de tout le mobilier industriel d'Abbeville.

Que l'énonciation de la cession indiquée sur les livres de commerce se trouve encore justifiée par la lettre que Maximilien Vayson écrivait à son neveu en mars 1855 (visée pour timbre, enregistrée à Abbeville, le 25 février 1859) et dans laquelle il lui disait, en parlant d'un notaire qu'il avait vu à Paris : « Je lui ai dit que c'était par » facture que les marchandises ont été *livrées*, ainsi que les *ustensiles* « *et matériel industriel.* »

Que Maximilien Vayson s'est expliqué tout aussi nettement dans une autre lettre écrite par lui, pour être communiquée au même notaire (visée pour timbre et enregistrée à Abbeville le 16 février 1859) ; qu'en effet on y lit : « Et comme *j'ai*, en 1850, FACTURÉ *le mo* » *bilier* d'*Abbeville*, *s'élevant à* 80,000 *francs actuellement, mon neveu,* » *qui l'a amorti, ne le porte que pour* 59,049 *francs.*

Que pour le mobilier de Pont-Remy, on rencontre aussi, dans les documents du procès, la confirmation incontestable de l'écriture passée sur les livres *le* 31 *mars* 1855, et constatant que *Jean Vayson a acquis ledit mobilier pour lequel son oncle lui a remis facture acquittée s'élevant à* 65,000 *francs.*

Qu'en effet, cette mention se trouve entièrement conforme à la lettre déjà citée de Maximilien Vayson, lettre dans laquelle il dit : « Pour Pont-Remy c'était à 120,000 francs, mais les réductions l'ont » fait porter à 65,000 francs, cependant mon neveu a ajouté à ce » que je lui ai cédé, etc. »

Que cette lettre prouve, sans équivoque possible, qu'il y avoit eu, antérieurement, ainsi que l'énoncent les livres, une cession du matériel de Pont-Remy, moyennant 65,000 francs.

Que l'existence de la cession, tant pour le mobilier d'Abbeville, que pour le matériel de Pont-Remy, se trouve encore justifiée par la lettre de Maximilien Vayson, du 9 août 1856 (visée pour timbre et enregistrée à Abbeville, le 16 novembre 1858) dans laquelle Maximilien Vayson dit : « *Je ne signe pas les factures, parce que j'ai fait un ar-* » *ticle d'écriture sur les livres.* »

Qu'il en résulte évidemment, non seulement qu'il y a eu cession consentie par Maximilien Vayson, mais qu'il a existé des factures et que si, elles n'ont pas été signées (ce qui n'était pas nécessaire pour opérer la cession), c'est parce que Maximilien Vayson s'en référait aux livres pour en tenir lieu, et qu'il s'appropriait les énonciations de ces livres.

Considérant que d'autres preuves existent qui, sans spécifier le mode suivant lequel Jean Vayson est devenu propriétaire des mobiliers industriels d'Abbeville et de Pont-Remy, démontrent cependant d'une manière certaine que la propriété avait cessé de reposer sur la tête de Maximilien Vayson.

Qu'ainsi, dans une lettre déjà citée, écrite pour être communiquée à un notaire, il dit que *son neveu se constitue en dot plus de* 700,000 *francs qui proviennent presque en entier de sa libéralité et échappent cependant au droit de retour.*

Que ce chiffre de 700,000 francs et plus avait été évidemment relevé par Maximilien Vayson sur l'inventaire de 1855, qui ne donnait ce chiffre qu'en y comprenant la valeur des deux mobiliers industriels dont il s'agit.

Que Maximilien Vayson reconnaissait donc que ces deux mobiliers appartenaient irrévocablement à son neveu.

Que la même preuve résulte encore d'une note émanée de Maximilien Vayson (visée pour timbre et enregistrée à Abbeville, le 16 février 1859), dans laquelle faisant parler son neveu, il lui fait dire : « J'ai pris la suite de la fabrique de tapis de mon oncle qui m'a » donné *tout le matériel*, et qui me donnera les bâtiments des établis- » sements de fabrique et de filature, lors de mon contrat de mariage. »

Qu'enfin la même preuve résulte encore de la déclaration du 13 août 1856 (visée pour timbre et enregistrée à Abbeville le 16 février 1859), dans laquelle Maximilien Vayson, relativement au mobilier d'Abbeville, dit : « *Je reconnais de la manière la plus formelle avoir* » *donné ledit mobilier sans aucune réserve ;* » locution qui n'exclut nullement la pensée d'une libéralité ou donation opérée par une cession dont le prix a été l'objet d'une remise au profit du neveu.

Considérant que si, *en fait*, il est impossible de méconnaître que, dès 1850, pour le mobilier d'Abbeville, et depuis le 31 mars 1855, pour le mobilier de Pont-Remy, Maximilien Vayson a voulu que la propriété de ces deux matériels industriels fût acquise à son neveu, la seule question à examiner est celle de savoir si Maximilien Vayson peut, *en droit*, ressaisir aujourd'hui cette propriété ; (1)

Que poser une semblable question, c'est faire justice complète de la moralité du procès.

Mais qu'au surplus, les principes du droit sont en parfaite harmonie avec les faits dont la preuve est acquise dans la cause.

Considérant que, dans son exploit introductif d'instance, Maximilien Vayson allègue, à l'égard des deux mobiliers d'Abbeville et de Pont-Remy, *qu'il les a confiés* (2) *à son neveu.*

Qu'il en résulterait que, suivant Maximilien Vayson, son neveu détiendrait lesdits mobiliers en qualité de dépositaire;

Mais qu'alors on doit, d'après la loi et les auteurs, s'en rapporter à la déclaration du possesseur (Troplong, *Donations*, t. III, p. 17).

Qu'il est constant, en fait, que Jean Vayson est le possesseur des mobiliers dont il s'agit ;

Qu'il incombe, conséquemment, à Maximilien Vayson, de fournir par écrit la preuve du dépôt qu'il allègue, sous peine de voir sa demande rejetée ;

Considérant, d'ailleurs, que Jean Vayson peut facilement établir qu'il a possédé les mobiliers dont il s'agit, *à titre de propriétaire*;

Que cela résulte d'abord de l'usage qu'il a fait de ces mobiliers au vu et su de Maximilien Vayson, son oncle.

Qu'en ce qui concerne le mobilier d'Abbeville, il l'a complètement modifié sous les yeux de l'appelant ; qu'il n'y avait, en 1850, que 114 métiers, tandis qu'il y en a aujourd'hui 145.

Que sur les 114 métiers qui existaient en 1850, il y en a qui sont totalement détruits, et que les autres, qui n'étaient propres qu'à faire

(1) Le jour où l'on a corrigé les épreuves de cette partie des conclusions, le Mémoire à consulter et la Consultation, publiés par M. Maximilien Vayson, rendaient inutile toute discussion à l'égard du mobilier d'Abbeville (100,000 fr.) dont la donation est reconnue à titre de remise de dette, tant en fait qu'en droit.

(2) Par la vérité de l'allégation, relativement au mobilier d'Abbeville, on jugera de la vérité, relativement au mobilier de Pont-Remy.

des tapis de trois et quatre couleurs, ont été démontés et remontés de manière à faire des tapis de cinq et six couleurs; que les additions qu'il a fallu faire à ces métiers ont été opérées avec d'autres métiers que Maximilien Vayson avait engagé son neveu à acheter à Amiens, métiers que ce dernier a réellement achetés et employés à l'usage auquel on les avait destinés.

Que la remise réclamée aujourd'hui par Maximilien Vayson *serait donc impossible* dans l'état actuel des choses; qu'il était inévitable qu'elle le fût après un laps de plusieurs années, et que Maximilien Vayson n'a pu dès lors songer à demeurer propriétaire du mobilier, soit à Abbeville, soit à Pont-Remy, le jour où il cessait d'exploiter ou d'y faire exploiter un établissement pour son compte.

Que, d'un autre côté, une partie de ces métiers ainsi rajeunis, a été enlevée par Jean Vayson sous les yeux et la direction de son oncle, pour les placer dans une usine qui n'a jamais appartenu à Maximilien Vayson.

Qu'il est donc impossible de contester cette vérité qu'aux yeux de Maximilien Vayson lui-même, son neveu, possédait à *titre de propriétaire*.

Qu'il est presque superflu de dire que Jean Vayson l'entendait bien ainsi, alors qu'il dépensait, pour l'amélioration et l'augmentation du mobilier d'Abbeville, une somme de plus de 80,000 francs, ainsi que les livres le constatent.

Qu'il avait d'ailleurs les mêmes raisons de posséder, à titre de propriétaire, le mobilier de Pont-Remy, et qu'il l'a en effet possédé en cette qualité et y a, en conséquence, apporté également des modifications.

Que l'impuissance, dans laquelle se trouve Maximilien Vayson, de prouver le prétendu dépôt qu'il allègue, et la preuve acquise, par des faits incontestables, que Jean Vayson a possédé les matériels dont il s'agit *animo domini*, suffiraient pour justifier le rejet de sa demande en revendication puisqu'en fait de meubles, possession vaut titre (art. 2279 du Code Napoléon).

Qu'ainsi, alors qu'on n'aurait pas même dans la cause les nombreux documents ci-dessus analysés, les écritures passées sur les livres en 1850, la mention mise au bas de l'inventaire personnel de Maximilien Vayson en 1850, les énonciations si précises des lettres de 1853, les écritures passées le 31 mars 1853, la lettre du 9 août 1836 et la déclaration du 13 août elle-même, la prétention de Maximilien Vayson ne pourrait pas être accueillie.

Mais qu'en présence des constatations qui ont été faites, à l'aide de ces documents, il est bien évident que cette prétention est aussi contraire à la vérité des faits les plus caractéristiques et des conventions les moins équivoques, qu'elle est mal fondée en droit.

Considérant que, pour échapper à cette argumentation, Maximilien Vayson a prétendu que l'article 2279 était inapplicable dans la cause, par le motif qu'il s'agissait de mobiliers industriels ayant le caractère d'immeubles par destination.

Que cette objection serait vainement admise, puisqu'on démontrera, dans un instant, que Jean Vayson n'en serait pas moins devenu valablement et régulièrement propriétaire des deux mobiliers dont il s'agit.

Mais qu'il n'est pas tout à fait sans intérêt de faire remarquer que cette objection, de *pur droit*, si étrangement opposée par Maximilien Vayson à l'évidence des faits, ne pourrait s'appliquer à aucune portion du mobilier industriel d'Abbeville.

Qu'en effet, jamais le matériel d'Abbeville n'a pu avoir le caractère d'immobilisation qu'on invoque; qu'il n'y a aux Villancourt que des métiers mis en activité par les bras des ouvriers, et que, d'un autre côté, les bâtiments ne sont que l'accessoire de la fabrique, puisque ces bâtiments et le terrain n'ont pas coûté 35,000 francs; que les auteurs enseignent, avec raison, qu'il faut faire une distinction entre le cas où il s'agit d'une usine mue par un cours d'eau et celui où il s'agit d'une fabrique qui n'a point de moteur immobilier; qu'on comprend, en effet, dans ce dernier cas, que des métiers, qui peuvent être utilisés dans toute espèce de bâtiments, ne peuvent être considérés comme l'accessoire immobilier du bâtiment dans lequel ils se trouvent. (Demolombe, n° 263 et 264, Zacharive, p. 17)

Que, d'un autre côté, le matériel de la teinturerie se trouve dans des bâtiments qui n'ont jamais appartenu à Maximilien Vayson; que ce matériel n'a donc jamais pu être considéré comme immeuble par destination, puisqu'on ne peut trouver, dans ce cas, la volonté du propriétaire, qui est une condition essentielle de l'immobilisation exigée par la loi et les auteurs.

Qu'il faut, dès lors, reconnaître que le mobilier industriel d'Abbeville a toujours conservé sa qualité de meuble, *par sa nature*, ce qui fait tomber l'objection dont il s'agit, quant à ce mobilier.

Considérant, au surplus, que Jean Vayson n'en est pas réduit à ne pouvoir invoquer que l'application de l'article 2279 du Code Napoléon.

Qu'il est facile de démontrer 1° que c'est par une cession et sur facture qu'il est devenu propriétaire des deux mobiliers d'Abbeville et de Pont-Remy, et que Maximilien Vayson ne peut ni reprendre ce qu'il a cédé, ni répéter les prix de cession ; 2° qu'alors même qu'il n'y ait pas eu cession par facture, Jean Vayson serait encore en droit de conserver le bénéfice des libéralités de son oncle, en vertu des principes qui régissent les dons manuels.

Qu'on comprend qu'à ce double point de vue, l'objection tirée du prétendu caractère d'immeubles par destination, qui se serait attaché aux mobiliers industriels dont il s'agit, n'aurait aucun intérêt, puisque l'immobilisation momentanée d'un meuble n'étant que le résultat d'une fiction produite par la volonté du propriétaire, il est évident que la même volonté peut faire disparaître la fiction. (Cassation, J. du Palais, tome 7, p. 389).

Que cela est également vrai dans le cas où la volonté du propriétaire de rendre au meuble le caractère qu'il tient de sa nature, résulte d'une cession de ce meuble à un tiers, que quand cette volonté se manifeste par un don manuel de ce même objet.

1° Considérant qu'il suffit de se reporter aux écritures passées sur les livres de Jean Vayson, et aux différents documents contenant des énonciations qui les confirment, pour se convaincre que c'est par facture que les parties sont tombées d'accord de transmettre à l'intimé la propriété des deux mobiliers industriels dont il s'agit.

Que, pour le mobilier d'Abbeville, il suffit de rappeler :

1° L'écriture du 1er mars 1850 ;

2° La mention inscrite par Maximilien Vayson lui-même, en faisant la clôture de son inventaire personnel, en 1850 ;

3° La lettre de Maximilien Vayson à son neveu, en mil huit cent cinquante cinq. (Je lui ai dit que c'était par *facture*, etc.) ;

4° La lettre écrite pour être communiquée à un notaire. (*J'ai*, en 1850, *facturé* le mobilier d'Abbeville, etc.).

Que pour le mobilier de Pont-Remy, la même situation est établie, notamment :

1° Par l'écriture du 31 mars 1855 ;

2° Par la lettre écrite pour être communiquée à un notaire. (Pour Pont-Remy c'était 120,000 fr., et cependant mon neveu a ajouté à ce que je lui *avais cédé.*)

Que pour les deux mobiliers la preuve de la cession par facture, résulte encore nettement de la lettre du 9 août : (Je ne signe pas les *factures*, parce que j'ai fait un article d'écriture sur les livres, etc).

Considérant qu'il résulte de ce dernier document, non seulement qu'il y a eu cession consentie des deux mobiliers dont il s'agit, par Maximilien Vayson, au profit de son neveu, mais *qu'il a existé des factures*, et que si elles n'ont pas été signées (ce qui n'était pas nécessaire pour opérer la cession), c'est parce que Maximilien Vayson s'en référait aux livres pour en tenir lieu, et qu'il s'appropriait les énonciations de ces livres.

Qu'il est à remarquer, au surplus, que Maximilien Vayson a même reconnu formellement, devant les premiers juges, qui le constatent dans le jugement dont est appel, que les écritures passées sur les livres de Jean Vayson, relativement auxdits mobiliers, aux dates des 1er mars 1850 et 31 mars 1855, avaient été mises de son consentement.

Qu'il n'est donc pas possible de mettre en doute, un seul instant, le fait de la cession des deux mobiliers industriels d'Abbeville et de Pont-Remy, et d'une cession opérée sur factures.

Qu'il importe peu d'ailleurs que les factures ne soient pas représentées, alors qu'il est prouvé, par des documents émanés des deux parties, que ces factures ont existé et que la signature en a été plus tard reconnue inutile, à raison des écritures passées sur les livres, et qui en constataient suffisamment l'existence et en contenaient les éléments essenciels, c'est-à-dire l'indication de la chose et du prix.

Que, dans cette position, il est de toute évidence que les livres ont remplacé alors *l'instrument* de la cession, c'est-à dire les factures, et ont été, par la volonté des parties, le titre commun destiné à régler leurs droits.

Considérant qu'il importe peu, en droit, de rechercher si en réalité, ce mode de contracter n'a été choisi, dès l'origine, que pour dissimuler une libéralité, ou si les prix de cession, par facture, ont été, après coup, l'objet d'une remise de dette.

Que, dans l'un comme dans l'autre cas, la libéralité n'en serait pas moins valable; qu'en effet, dans le premier cas, il y aurait eu abandon gratuit des deux mobiliers dont il s'agit, dissimulé, d'une part, sous la forme de factures, et d'autre part, sous la forme d'écritures, équivalant à une cession par facture, c'est-à-dire sous l'une des formes du contrat à titre onéreux.

Que, dans le second cas, il y aurait eu libéralité valable par remise de dette, parce que la remise de dette n'est assujettie à aucune formalité spéciale pour la validité.

Que pour l'établir, toutes les preuves de droit commun sont admissibles, et que les tribunaux peuvent même admettre de simples présomptions dont ils sont les appréciateurs souverains. (Toullier, n°s 335 et 336, de Fav. de Langlade, page 822, n^os^ V et VI. Arrêt cité, page 825).

Que dans les deux cas, aucune nullité de forme ne pourrait donc être invoquée, et qu'on ne pourrait pas notamment critiquer les libéralités dont il s'agit comme n'ayant pas été consignées dans des actes authentiques, dressés conformément aux articles 931 et suivants du Code Napoléon.

Que vainement on chercherait à équivoquer sur l'existence des factures, encore bien qu'elle ait été formellement reconnue par Maximilien Vayson.

Qu'en effet, il faut distinguer, en droit, la convention qui opère la cession de l'acte qui peut en fournir la preuve, que la loi n'exige pas qu'il soit fait un acte de cession ou de vente, par écrit, même en matière d'immeubles, et qu'il suffit de pouvoir prouver la cession quand elle est niée. (Duranton, t. 16, n° 347. Duvergier, n° 164); que les auteurs reconnaissent et en outre (M. Portalis, rapporteur du titre de la vente, au Corps Législatif), que la preuve peut être faite conformément aux règles ordinaires, en matière de convention.

Que, conséquemment, dans l'espèce, l'existence de la cession des deux mobiliers d'Abbeville et de Pont-Remy peut être légalement admise, du moment où il existe une preuve écrite ou un commencement de preuve par écrit.

Qu'en fait, les pièces produites, émanées de Maximilien Vayson, ne laissent aucun doute sur l'existence de cette cession; qu'elles indiquent la chose et le prix, et que les écritures des livres qu'il s'est appropriées ont, à ses yeux, la valeur des factures qui y sont mentionnées.

Qu'il y a donc preuve complète de la cession des deux mobiliers contre la prétention de Maximilien Vayson, qui pourrait encore être rejetée, même à l'aide de présomptions graves, précises et concordantes, si les pièces produites pouvaient être réduites à la valeur d'un simple commencement de preuve.

Qu'ainsi, indépendamment de la représentation des factures, la cession étant prouvée, il ne resterait plus qu'à établir la libération de Jean Vayson, par rapport au prix de cession.

Qu'à l'égard du mobilier d'Abbeville, si l'écriture du 1er mars 1850 n'énonce pas qu'il lui ait été donné facture acquittée, la remise du prix n'en est pas moins établie immédiatement par le compte capital de Jean Vayson, qui y comprend ledit prix dans son *actif net* au 1er mars 1850.

Qu'elle résulterait d'ailleurs des comptes présentés par Maximilien Vayson à son neveu, dans lesquels il n'a jamais fait figurer le prix de ce mobilier, ainsi que du rapprochement des comptes personnels de Maximilien Vayson et de son neveu, dans lesquels le même prix n'a jamais été porté au crédit du premier, ni au débit du second.

Qu'elle résulterait encore de la lettre dans laquelle Maximilien Vayson dit que son neveu se constitue en dot plus de 700,000 *francs provenant presqu'en entier de sa libéralité*, d'une note émanée également de Maximilien Vayson, par laquelle il fait dire à Jean Vayson que son oncle lui a donné *tout le matériel*, et qu'il lui *donnera*, lors de son contrat de mariage, les *bâtiments* des établissements de fabrique et de filature.

Qu'elle résulterait enfin de la déclaration du 15 août 1856, dans laquelle l'appelant a dit : « *Je reconnais, de la manière la plus formelle, avoir donné ledit mobilier*, » expression qui s'accordait très bien avec l'idée d'une cession dont le prix a été l'objet d'une remise de dette.

Qu'à l'égard du mobilier de Pont-Remy, la remise de dette serait prouvée par l'écriture même qui constate que la cession a eu lieu, et que Maximilien Vayson a donné à son neveu *facture acquittée*.

Que cette écriture, passée du consentement et par l'ordre formel de Maximilien Vayson, établirait d'une manière péremptoire la libération de Jean Vayson.

Que cette preuve serait encore confirmée par les documents ci-dessus invoqués (la lettre et la note), pièces émanées de Maximilien Vayson lui-même.

Que vainement on objecterait que puisqu'il n'y a point eu de prix payé, il s'agit d'une donation et non d'une cession ; qu'en effet, si la vente consentie moyennant un prix dont il est fait remise, est en réalité une libéralité que l'on peut, surtout dans le langage ordinaire, qualifier de donation, l'opération, envisagée sous le rapport du droit, n'en est pas moins : 1° une vente ou une cession qui doit conserver son caractère ; 2° une remise de dette;

Considérant, au surplus, que, lors même que Jean Vayson ne pourrait se prévaloir que de la qualité de donataire, il serait et demeurerait encore incontestablement, à ce titre, propriétaire des deux mobiliers industriels dont il s'agit.

Qu'en effet, les auteurs et la jurisprudence sont d'accord pour reconnaître la validité des dons manuels ; que ces sortes de libéralité ne sont assujetties à aucune espèce de formalités, ni à aucune autre justification, que celle de la donation. M. Dalloz est le seul auteur qui ait ajouté que le donataire devait établir qu'il y avait eu intention de transmettre la propriété ; mais que, quand il serait vrai que l'on dût admettre cette doctrine comme règle, la preuve de l'intention de Maximilien Vayson résulterait de toutes les pièces produites qui ne peuvent laisser le moindre doute à cet égard.

Qu'on a réfuté ci-dessus, en fait et en droit, l'objection tirée de ce que la *possession* de Jean Vayson n'aurait porté que sur des objets devenus immeubles par destination.

Qu'il est d'ailleurs évident que la possession de Jean Vayson a été une possesssion à titre de propriétaire, et que c'est à ce titre qu'il a reçu de son oncle, et le mobilier d'Abbeville, en 1850, au moment où Maximilien Vayson laissait la suite de ses affaires à son neveu, et le mobilier de Pont-Remy, au moment où le neveu était autorisé formellement à gérer pour son propre compte et à ses risques et périls, la filature de Pont-Remy.

Que l'intimé peut même invoquer la déclaration du 15 août 1856, au moins pour le mobilier d'Abbeville, puis que cette déclaration contient la reconnaissance d'un fait accompli en 1850, c'est à dire l'aveu d'une tradition à titre de propriétaire. (*Dalloz, dispositions entre vifs, n°s 1610 et 161*).

Considérant que Maximilien Vayson a vainement essayé de soutenir qu'il n'avait eu que l'intention de donner, et qu'il ne devait réaliser cette intention, que dans le cas où Jean Vayson, son neveu, se marierait.

Que cette allégation, dont le moindre défaut est d'être dénuée de toute preuve, est démentie de la manière la plus certaine, non seulement par les écritures passées sur les livres, mais par les écrits émanés de Maximilien Vayson lui-même.

Que, dans tous les documents, même postérieurs à ceux de 1855, déjà si décisifs en eux mêmes, il fait allusion à des libéralités irrévocablement acquises à son neveu.

Qu'enfin, à l'époque même des pourparlers de mariage, qui coïncidaient avec celle de l'inventaire de Jean Vayson, Maximilien Vayson a toujours établi lui-même une distinction entre ce qui appartenait à son neveu par l'effet des libéralités déjà consommées, et ce qu'il se proposait de lui donner encore par contrat de mariage.

Qu'il n'était, d'ailleurs, question de mariage ni en 1850, ni en 1856, et que cependant, à ces deux époques, il ne contestait pas à Jean Vayson la propriété du mobilier d'Abbeville et de Pont-Remy.

Considérant que l'on ne pourrait pas objecter sérieusement que Maximilien Vayson s'estimait encore propriétaire au 15 août 1856, sans reconnaître immédiatement que ce jour là Maximilien Vayson déclarait *donner* et *avoir donné*.

Que non seulement, il reconnaissait alors de la manière la plus formelle, en ce qui touche le mobilier d'Abbeville, qu'il L'AVAIT DONNÉ, et en ce qui concerne le mobilier de Pont-Remy, que son neveu EN ÉTAIT LE PROPRIÉTAIRE.

Qu'il est trop clair que Maximilien Vayson cherchait alors à défaire en partie ce qu'il avait fait, et qu'un peu plus tard, la note à l'encre rouge, qu'il est impossible de concilier, ni avec la vérité du fait, ni avec la loyauté des intentions, prouvait trop clairement, qu'alors déjà, il avait fait un pas décisif dans une voie qui conduisait directement aux deux procès dont la Cour appréciera la valeur juridique et la moralité.

Par ces motifs et autres à suppléer de droit et d'équité, ou à déduire ultérieurement à l'audience ;

Sans s'arrêter, ni avoir égard aux fins, moyens et conclusions de l'appelant, dans lesquels il sera déclaré non recevable, en tous cas mal fondé et dont il sera débouté;

Mettre l'appellation au néant, ordonner que le jugement dont est appel sortira son plein et entier effet, condamner l'appelant en l'amende et aux dépens de la cause d'appel.

Sous la réserve de prendre toutes autres et plus amples conclusions.

Et ce sera justice.

Me MITIFFEU, avoué.

Me MALOT, plaidant.

NOTA. Nous répondrons séparément au volumineux Mémoire à consulter et à la Consultation plus volumineuse encore, publiés par M. Max. Vayson.

JUGEMENT DU TRIBUNAL CIVIL D'ABBEVILLE

Du 7 Mars 1859.

A l'appel de la cause venue à son tour sur le rôle, à l'audience du vingt et un février dernier ; ouï en son exposé de l'affaire, Me Dauphin, avocat, assisté de M. Papavoine, avoué du sieur Joseph-Maximilien Vayson ; ouï aussi à la même audience, en ses conclusions, Me Ernest Delegorgue, avocat, assisté de Me Bachelier, avoué du sieur Jean-Antoine Vayson.

En ce qui touche la demande en remise du mobilier industriel, existant dans la fabrique de tapis d'Abbeville, dans la teinturerie et dans la filature de Pont-Remy.

Attendu qu'il est constant, en fait, que le sieur Maximilien Vayson était propriétaire de tous ces mobiliers industriels, lorsqu'au vingt-huit février 1850, il a cédé à son neveu, le sieur Jean-Antoine Vayson, la suite de ses affaires; mais que depuis cette époque, celui-ci en est en possession et jouissance, qu'il en a, au vu et su de son oncle, disposé comme de chose lui appartenant ;

Attendu qu'en fait de meubles la possession vaut titre, que c'est donc au sieur Maximilien Vayson à établir que la possession dont se prévaut son neveu, n'avait pas lieu à titre de propriétaire ;

Attendu que pour l'établir il prétend que ces divers mobiliers industriels étant placés dans des bâtiments qui lui appartiennent, et pour leur exploitation, étaient immeubles par destination, qu'ayant conservé la propriété des bâtiments, il a conservé celle du mobilier industriel qui les garnissait ;

Attendu qu'au contraire, le sieur Jean Vayson prétend que dans l'espèce, l'immobilisation ne pouvait pas, d'après la loi, résulter du placement de cette sorte de mobilier dans les bâtiments, mais qu'il soutient, de plus, que si cette immobilisation avait pu exister, elle aurait cessé par le fait de la vente de ces mobiliers que lui a faite son oncle, savoir : pour le mobilier d'Abbeville, au jour même où il lui a cédé la suite de ses affaires, et pour le mobilier de Pont-Remy, quelques années plus tard, en 1855;

Attendu qu'il est constant, en droit, que les meubl s immobilisés par destination, reprennent leur qualité de meubles, quand ils sont vendus séparément de l'immeuble, que si donc la vente invoquée est établie, il deviendra inutile de rechercher s'il y avait eu ou non, auparavant, immobilisation, qu'ainsi le premier point à examiner est celui de savoir s'il y a eu ou non vente de ces meubles;

Attendu que pour l'établir, le sieur Jean Vayson invoque les écritures de ses livres de commerce, dans lesquelles il prétend que son oncle a fait lui-même inscrire, à la date du premier mars 1850, que ledit Jean Vayson a, à son actif, ceut mille francs, valeur du mobilier industriel, acquis de son oncle, sur facture, et en mars 1855, qu'il a aussi acquis, suivant facture acquittée, le mobilier de Pont-Remy, moyennant soixante cinq mille francs;

Attendu que si les écritures de commerce ne font pas foi contre les tiers, c'est lorsque la vérité des faits énoncés par ces écritures est contestée, que dans l'espèce, le sieur Maximilien Vayson ne méconnait pas l'existence, sur les livres, des énonciations ci-dessus, ni qu'elles ont été mises de son consentement, qu'il doit donc être tenu pour constant que les faits se sont ainsi passés, et que les écritures existent, quoique non représentées;

Attendu d'ailleurs que le sieur Maximilien Vayson a reconnu, par écrit, dans sa lettre du neuf avril 1856, enregistrée à Abbeville le seize février 1859, que s'il ne renvoie pas signées les factures de vente qui lui avaient été remises, c'est parce qu'il en avait fait passer écriture, qu'il est dès lors établi que la transmission de la propriété du mobilier en litige a été faite par le sieur Maximilien Vayson, au profit de Jean Vayson, au moyen de cession sur facture;

Attendu qu'il résulte de plus de deux lettres du sieur Vayson, enregistrées le même jour que celle ci-dessus, datées de 1855, l'une écrite à son neveu, l'autre à un notaire de Paris, la reconnaissance formelle que la cession du mobilier sur facture était une chose définitive entr'eux, et qu'elle était un titre de propriété pour le sieur Jean Vayson, à l'égard de ce mobilier;

Attendu que cette transmission est cependant aujourd'hui attaquée comme viciée de nullité, en ce qu'elle n'était pas une vente, mais bien une donation pour la validité de laquelle l'acte qui l'opérait devait être revêtu des formes voulues par la loi pour les actes de donation;

Attendu qu'il n'est pas méconnu par le sieur Jean Vayson, que la vente sur facture n'était pas une vente sérieuse, qu'il ne s'agissait, en réalité, que d'une libéralité de son oncle envers lui, mais qu'il soutient que cette libéralité étant faite sous la forme d'un contrat à titre onéreux, n'était pas soumise aux formes prescrites pour la validité des actes de donation ;

Attendu que l'article 931 du Code Napoléon prescrit bien, à peine de nullité, que tous actes portant donation entre-vifs, soient passés devant notaire, qu'il faut donc rédiger en cette forme tous actes portant que l'un donne et que l'autre reçoit à titre gratuit ; mais que dans aucun article du Code il n'est défendu à celui qui donne de déguiser sa libéralité sous la forme d'un contrat à titre onéreux, quand il a la capacité de donner, et que celui qu'il avantage est capable de recevoir, d'où suit que le sieur Vayson oncle a pu valablement transférer gratuitement son mobilier industriel au profit de son neveu, par une vente sous seing-privé, déguisant sa libéralité ;

Attendu qu'il est établi, comme on vient de le dire, que la transmission gratuite a été opérée entre les parties, au moyen d'une vente sur facture, mode souvent employé dans le commerce, d'où suit que la donation ne s'est trouvée soumise qu'aux formes exigées par la loi pour la validité des ventes commerciales sur facture ;

Attendu que ces ventes sont, comme toutes les autres, parfaites du moment où les parties sont d'accord sur la chose et sur le prix. Qu'étant constant, en fait, que les factures ont existé, qu'elles indiquaient la chose facturée et le prix à payer, qu'elles ont été acceptées par le sieur Vayson, qui y figurait comme vendeur, et par le sieur Vayson neveu, qui y figurait comme acquéreur, il s'en suit que la vente était parfaite, car l'un eût pu forcer à livrer et l'autre à payer, si au lieu d'une donation déguisée il se fût agi d'une vente réelle ;

Attendu que l'existence de ces ventes étant prouvée par des écrits émanés du sieur Vayson oncle, et par les livres du sieur Vayson neveu, il importe peu que les factures soient ou non représentées, qu'elles aient été ou non signées, du moment où il est constant que la non signature des factures ne venait pas du refus de consentir à ce qu'elles énonçaient, mais de ce que cette signature était considérée comme n'étant pas nécessaire à la perfection de la vente.

Attendu qu'effectivement, pour la validité de la vente sur facture, il n'est pas nécessaire que le consentement du vendeur résulte de sa signature au pied de la facture, qu'il peut se donner sur et par un écrit séparé, il faut seulement que l'acquéreur justifie, par écrit, de l'approbation de la facture, pour établir légalement qu'il y a eu vente parfaite, que dans l'espèce, cette preuve résultant positivement tant des livres de commerce que des lettres ci-dessus rappelées, émanées du sieur Vayson oncle, il s'en suit que la vente sur facture dont il s'agit, était valablement faite, que, par conséquent, le moyen de nullité invoqué contre la transmission et pour la faire anéantir, ne saurait être admis.

En ce qui touche le congé donné au sieur Jean Vayson.

Attendu que le sieur Jean Vayson ne justifie pas d'un bail, qu'on ne peut trouver, dans l'écrit du treize août 1856, enregistré à Abbeville le seize février 1859, les caractères constitutifs du bail, que de l'ensemble de ses termes il ressort seulement que sieur Vayson oncle avait promis à son neveu de le laisser jouir gratuitement de ces bâtiments et filature sans payer de location, ce qui constitue un abandon gratuit de jouissance ;

Attendu qu'il en ressort bien que, dans l'intention du sieur Vayson oncle, cet abandon gratuit devait durer toute sa vie, et la jouissance continuer même après sa mort, puisqu'il dit avoir établi son neveu légataire universel ; mais que de même qu'il était libre de révoquer son testament, il restait, nonobstant cette déclaration, libre de faire cesser la jouissance gratuite de son neveu, parce que cette déclaration ne constitue pas un engagement obligatoire de l'oncle envers le neveu ;

Attendu, en effet, qu'il s'agit là d'un avantage conféré à titre gratuit, qui ne pouvait lier l'oncle envers le neveu, que s'il était fait dans la forme prescrite par la loi pour les donations entre-vifs, cet avantage n'était pas déguisé sous la forme d'un contrat à titre onéreux, que l'écrit est sous seing-privé, que pour qu'il fût valable comme donation il eût dû être revêtu de la forme authentique, que par conséquent le sieur Vayson oncle est resté libre de changer de volonté pour l'avenir, et c'est ce qu'il a légalement manifesté vouloir faire en donnant congé de sortir tant des bâtiments d'Abbeville que de la fabrique de Pont-Remy.

Attendu, quant à l'époque de la sortie, que les délais dans lesquels elle doit avoir lieu ne peuvent pas se régler, s'agissant de manufacture et d'usines, par ce qui se pratique pour les simples maisons d'habitation et de commerce, parce que les facilités pour trouver un autre local, ou se procurer un locataire, ne sont pas les mêmes ; que d'ailleurs dans l'espèce il ne s'agit pas uniquement d'une difficulté entre un simple bailleur et un preneur, il s'agit d'un manufacturier qui, ayant cédé la suite de ses affaires à un autre manufacturier, demande sa sortie des lieux où est établie l'industrie cédée ;

Attendu que le cédant est tacitement obligé de ne rien faire qui soit de nature à empêcher son cessionnaire de profiter de la chose cédée, qu'ainsi M. Vayson oncle ne doit pas, par une expulsion précipitée et sur laquelle n'a pas dû compter son neveu, le mettre hors d'état de continuer la suite des affaires qu'il lui a transmises, qu'en appréciant principalement le délai à fixer pour la sortie, sous ce point de vue, il est évident qu'un délai de six mois était insuffisant, qu'il fallait au moins un délai de deux ans pour que la sortie pût avoir lieu sans porter préjudice à la suite des affaires ;

Attendu cependant que de ce qu'il y a lieu d'accorder, pour sortir, jusqu'au seize avril 1860, ce n'est pas une raison pour que le sieur Vayson neveu continue à jouir jusqu'à cette époque, gratuitement, contre la volonté de son oncle, que le délai à accorder ne doit donc l'être qu'à charge de payer telle location qui sera ultérieurement fixée pour l'espace de temps pendant lequel le sieur Vayson neveu aura occupé les bâtiments et filature au delà des six mois que son oncle lui avait accordés par son congé.

Par ces motifs, le Tribunal, après en avoir délibéré conformément à la loi, jugeant en premier ressort.

Sans s'arrêter à la demande subsidiaire en comparution des parties en personne à l'audience, laquelle est rejetée.

Statuant sur la demande en remise de tout le matériel industriel de la fabrique de tapis d'Abbeville, de la teinturerie et de la filature de Pont-Remy.

Dit que la propriété de ces mobiliers industriels a été valablement transmise sur facture au sieur Jean-Antoine Vayson, et que la propriété lui en a été valablement ainsi transférée, quoique la vente ne fût, au fond, qu'une donation déguisée sous la forme d'un acte à titre onéreux, rejette en conséquence le chef de la demande du sieur Maximilien Vayson, tendante à ce que ces mobiliers lui soient remis.

Statuant sur le congé signifié,

Dit qu'il n'y a pas eu de bail entre les parties, que le sieur Maximilien Vayson est toujours resté en droit de faire sortir le sieur Jean-Antoine Vayson du bâtiment des Villancourt, de la teinturerie située à Abbeville, et de la filature de Pont-Remy.

Déclare, en conséquence, bons et valables les congés signifiés afin de sortie et de remise desdits établissements.

Fixe néanmoins pour la sortie, le terme et délai de deux ans à partir du jour où les congés ont été signifiés, dit qu'à partir du terme de six mois accordé par les congés, la jouissance gratuite a cessé. que Jean-Antoine Vayson sera tenu de payer au sieur Vayson oncle la valeur locative desdits bâtiments et filature, pour tout le temps qu'il aura continué à en jouir depuis ce délai, ce dont il sera fait compte sur état.

Ordonne qu'à sa sortie des lieux, le sieur Jean-Antoine Vayson sera tenu de les remettre en bon état de réparation.

A plus prétendre, déclare les parties mal fondées.

Compense les dépens, dit que le coût, levée et signification du présent jugement, sera supporté par moitié par chacune des parties.

PIÈCES JUSTIFICATIVES

Par ordre de dates, relatives aux deux instances.

N° 1. Extrait du brouillon de l'inventaire de M. Maximilien Vayson, du 28 Février 1850.

MOBILIER INDUSTRIEL.

MOBILIER DES WILLANCOURT.

Métiers à tisser.

0, 28 Février.	N°s des métiers 1	3	mécaniques	500	et	1	400
	2	3	»	500			
	3	3	»	500	et	1	400
	4	3	»	500			
	5	3	»	500			
	6	3	»	500			
	7	3	»	500			
	8	3	»	500	et	1	400
	9	3	»	500			
	10	1	»	600			
	11	4	»	500			
	12	3	»	500			
	13	2	»	500			
	14	3	»	500			
	15	3	»	500			
	16	6	»	500			
	17	3	»	600 supp.	et	1	400
	18	3	»	500			
	19	3	»	500			
	20	3	»	500			
	21	3	»	500			
	22	3	»	500			
	23	4	»	500			
	24	3	»	500			
	25 moquette pour frise.						

Nos des métiers	26	3	mécaniques	500
	27	3	»	500
	28	3	»	500
	29	3	»	500
	30	3	»	500
	31	3	»	500
	32	3	»	500
	33	0	»	
	34	3	»	500
	35	»	»	500
	36	3	»	500
	37	3	»	500
	38	3	»	500
	39	3	»	500
	40	3	»	500
	41	3	»	500
	42	3	»	500
	43	1	»	600
	44	1	»	600 et supplément.
	45	1	»	600 id.
	46	1	»	600
	47	1	»	600 et supplément.
	48	2	»	400
	49	1	»	600
	50	2	»	400
	51	2	»	400
	52	1	»	600
	53	2	»	400
	54	1	»	600
	55	1	»	400
	56	2	»	600 et supplément.
	57	1	»	400
	58	2	»	400
	59	2	»	400
	60	1	»	600 et supplément.
	61	métier jaspé.		
	62	1	mécanique	400
	63	métier jaspé.		
	64	2	mécaniques	400

Nos des métiers 65	métier jaspé.		
66	1	mécanique	600
67	3	»	500
68	2	»	400
69	1	»	600
70	6	»	500
71	1	»	600
72	3	»	500
73	2	»	400
74	3	»	500
75	3	»	500

Résumé.

34	métiers à	3	500
3	»	3	500 et 1 400
2	«	4	500
2	»	6	500
1	»	2	500
9	»	1	600
1	»	3	600 supplément et 1 400
4	»	1	600 et supplément.
10	»	2	400
3	»	1	400
1	»	2	600 et supplément.
5	»	sans mécaniques.	

Ensemble 75 métiers complets avec grilles, bobines, plombs et accessoires, à 1,000.	75,000 »»
36 Bâtis de métiers pour foyers haute laine, avec chasses-rots et roulets pointés, à 50 fr.	1,800 »»
5 Métiers à lire les dessins, un piquage complet, un repiquage,	3,000 »»
2 Tondeuses, un manège, un métier à retordre, etc., etc. . .	2,000 »»
1 Ourdissoir, rouets, chaises, lampes, mobilier des bureaux, pompe à incendie, casiers aux tapis, aux laines, etc., etc.	4,000 »»

Mobilier de la Teinturerie.

7 Chaudières, tonnes à jus, perches, cases, cassins, moulin à cochenille, etc., etc	5,000 »»

Sont compris DANS LA FACTURE, quoique non dénommés, tous les

A reporter . . 90,800 »»

Report. . 90,000 »»

autres objets garnissant la fabrique : bobines, bois, rots, chasses en bois et en fonte, balances, poids, voitures, brouettes et généralement tout ce qui existe dans l'établissement, sans en excepter les dessins, les peintures, les cartons piqués, etc., etc.

Total. . . fr. 90,800 »»

N° 2 — **Autre extrait du brouillon de l'inventaire de Max. VAYSON et Cie, arrêté au 28 Février 1850.**

1850, 20 Février. — *Page* 99.

Total général formant l'actif		533,283 f. 50 c
A déduire :		
1° Montant des comptes courants au grand livre créditeurs (détail, fr. 75), déduction faite de 18,607 f. 06 pour l'annulation de ce chiffre porté au crédit de Pont-Remy.	371 f. 07	
2° Montant de mémoires à payer à divers suivant, détail fr. 95 et fr. 96	2,660 60	
3° Les escomptes et rabais présumés à affecter suivant détail, fr. 96 et 97	11,216 97	
	14,248 f. 64	14,248 64
Reste.		519,034 f. 86 c.

1850, 28 Février. — Formant le capital libre 28 février 1850.

N° 3 — **Mention extraite du livre-journal.**

Reste 519034 *f.* 86 *formant le capital libre au* 28 *Février* 1850, *ci F.* 519034 86.

1850, 28 Février. — Il résulte du résumé ci-dessus que l'*actif net* d'après les évaluations détaillées à l'inventaire en marchandises, créances, effets en portefeuille, s'élève à la somme de *cinq cent dix-neuf mille trente-quatre francs quatre-vingt six centimes*, que je confie à mon neveu Jean-Antoine Vayson, à qui j'ai cédé la suite de mes affaires, d'après l'arrangement signé entre nous au bas de l'inventaire détaillé, relaté ci-dessus, lequel règle l'importance et la valeur du matériel de la fabrique et de la filature de Pont-Remy, duquel capital il me servira les intérêts, ainsi que cela se trouve constaté par ledit arrangement.

Approuvé le compte ci-dessus.

28 Février 1850.

VAYSON.

Extrait du livre journal.

N° 4

MANUFACTURE DE TAPIS D'ABBEVILLE.

J. VAYSON, SUCCESSEUR DE MM. VAYSON ET Cie.

Écritures après l'inventaire de cette dernière maison, arrêté le 28 Février 1850.

1850, 1er Mars. M. Vayson, mon oncle, m'ayant cédé la suite de ses affaires, suivant arrangement relaté ci-devant et transcrit au bas de l'inventaire détaillé, arrêté le 28 février 1850, aussi relaté, J'ÉTABLIS MON CAPITAL à ce jour (1er mars 1850), par l'ouverture des comptes suivants, clos pour ledit inventaire.

1er Mars 1850.

Marchandises générales.		
Frais généraux.		
Teinturerie.		
Etc., etc.	533,283 fr.	50
A reporter.	533,283	50

Report. . 533,283 fr. 50

Mobilier industriel.

J'ajoute de plus le mobilier industriel *que j'ai acquis de M. Vayson*, mon oncle, *sur facture*, et que j'évalue à cent mille francs, que je me propose d'amortir en prenant dix pour cent d'intérêt chaque année, ci	100,000 »»
TOTAL. . .	633,283 50
A déduire les articles suivants formant le passif à l'inventaire. . . . . Ensemble fr.	14,248 64
TOTAL GÉNÉRAL FORMANT MON ACTIF NET, AU 1er MARS 1850. . .	619,034 fr. 86

N° 5

Copie de la facture du mobilier industriel d'Abbeville, communiquée par M. Max. Vayson.

Abbeville, 1er Mars 1850.

Doit M. Jean-Antoine Vayson à M. Joseph-Maximilien Vayson.

Le matériel de la manufacture de tapis d'Abbeville, se compose de :

34	métiers Jacquard, à	3	mécaniques	500
15	—	1	—	600
9	—	2	—	400
7	—	1	—	400
1	—	6	—	500
1	—	4	—	500
8	métiers vides.			

Ensemble 75 métiers et 6 mécaniques en magasin.

Bobines, balles et plombs.

Ourdissoir et ses accessoires.

Tissage, dessins, mise en carte, cartons, presse à piquer, table à couper, à lacer les cartons, tondeuses.

6 Chaudières de la teinturie, camin, syphons.

14 Tonnes aux bois.

Brouettes, dévidoirs et tables.

Ensemble tout le matériel industriel, généralement quelconque, qui se trouve dans les bâtiments de la fabrique des Villancourt et de la teinturie, s'élevant en totalité à la somme de cent mille francs, ci. . . 100,000 fr. »»

N° 6 **EXTRAIT DE L'INVENTAIRE DE J. VAYSON,**

Arrêté le 31 Mars 1851.

ACTIF.

1851, 31 Mars.

Matières premières, marchandises fabriquées, drogues de teinture et articles de toute espèce, en magasin à Abbeville et à Pont-Remy			254,729 f. 45
Effets en portefeuille, intérêts 1,430 fr. 71 déduits			141,882 98
Espèces en caisse			8,444 23
Débiteurs divers			236,269 04
Dû par les ouvriers			701 51
Mobilier industriel évalué à 100,000 fr., le 28 février 1850	100,000 »»		
à déduire pour amortissement 10 %	10,000 »»		
	90,000 »»		90,000 »»
Montant de l'Actif. . . f.			732,027 f. 01

PASSIF.

Comptes créditeurs au grand livre	34,813 67	
id. de M. Vayson	14,271 92	
	49,085 59	
Rabais et escomptes présumés sur les comptes débiteurs	6,785 63	
A porter au crédit de M. Vayson, mon oncle, intérêts à 5 pour % à partir du 28 février 1850 (13 mois), sur le capital formé par les marchandises, espèces, effets en portefeuille, etc., etc., qu'il m'a cédés à cette époque, s'élevant à cinq cent dix-neuf mille trente-quatre francs quatrevingt-six cent^mes^	28,114 39	
Montant du Passif	85,985 61	85,985 61
à déduire de l'Actif.		
Reste f. 648,041 fr. 40 formant mon capital, ce jour 31 mars 1851		648,041 40
Le capital de 1850 (28 février), y compris mon mobilier industriel était de 619,034 fr. 86, ci		619,034 86
Balance. . .		29,006 54

N° 7

EXTRAIT DE L'INVENTAIRE DE J. VAYSON,

Arrêté le 25 Mars 1853.

ACTIF.

1853, 25 Mars.

Matières premières, marchandises fabriquées, drogues de teinture et articles de toute espèce en magasin à Abbeville et à Pont-Remy			239,285 f.	84
Effets en portefeuille			233,517	78
Espèces en caisse			9,394	85
Obligations de la Ville de Paris			274,289	»»
Débiteurs par comptes courants			1 7,727	37
Débit du compte des ouvriers			1,373	67
			885,588 f.	51
Mobilier industriel, sa valeur au 1er avril 1851	90,000 f.	»»		
Intérêt et amortissement 10 %, 1re année	9,500	»»		
	81,000	»»		
Intérêts et amortissement 10 %, 2e année	8,100	»»		
Sa valeur, ce jour 25 mars 1853	72,900	»»	72,900	»»
Montant de l'Actif . . . . F.			958,488	51

PASSIF.

Escomptes et rabais sur le montant des comptes débiteurs, à déduire de l'Actif	18,400 f.	75		
Effets à payer	137	85		
Comptes créditeurs au grand livre, 92,700 f. 24 / id. de M. Vayson, mon oncle, 122,092 24 (1)	214,792	48		
Compte personnel, J. Vayson, capital	643,376	64		
Montant du Pasif	876,707	72	876,706	72
Balance			81,780 fr	79

(1) Dans cette somme de 122,792 24, sont compris les intérêts du capital de 519,034 fr. 86.

No 8 **Lettre de M. Max. Vayson à M. J. Vayson.**

Paris, le (1) mars 1855.

1855, 24 Mars. Mon cher Jeannin, je t'ai écrit ce matin et en sortant de chez le notaire j'ai ajouté quelques notes au crayon sur cette lettre que j'ai jetée de suite à la poste. C'est après avoir vu M. X.X.X. que je suis allé chez le notaire ; ce dernier m'a communiqué le contrat de la première demoiselle, j'en approuve les clauses : resterait celle de la donation réciproque que tu régleras toi-même, mais qui, suivant moi, doit être à peu près *égale*, et non d'après *l'avoir personnel.* Ainsi, ce serait 10 contre 10, ou contre 12, mais pas du 1/4, du 1/3 ou de 1/2 ; car comme d'un côté on pourra compter 10 et de l'autre côté 1, la différence serait trop grande.

Mais pour faire le contrat, il faut les pièces sous les yeux, mes notes ne peuvent suffire.

1° Les quittances *Hultin*, c'est beaucoup de papiers.

2° — des Willancourt, avec les actes de licitation avec Assolant.

3° Les actes et quittances de Marebeuf.

4° Tous les actes de Pont-Remy avec les quittances.

5° Le partage de la succession de Murs.

6° Les actes de *ta bonne maman* pour la maison et pour la terre de Douriez.

7° Tes actes de Pont-Remy, du moulin Patience.

8° Etablir ta position, et pour cela le notaire veut une donation, je lui ai dit que c'était par FACTURES que les marchandises ont été livrées, ainsi que les ustensiles ET MATÉRIEL INDUSTRIEL. C'est à cause de cela que je t'ai demandé le livre ou cahier de l'inventaire de 1851, je crois, qui porte les chiffres que j'avais pris.

Lorsque j'aurai reçu ces pièces, je ferai une nouvelle visite au notaire, et s'il lui faut autre chose, j'irai les chercher moi-même.

En voyant demain M. X. X. X., je lui exposerai les causes de ce retard, et conséquemment, du retard du voyage de *ta bonne maman.*

J'ai apposé ma signature sur le livre-journal de la manufacture, avec approbation. Examine comment cela est, et si c'est bien, comme je le crois, sur la copie dont je te demande le cahier.

(1) La date est en blanc sur l'original, mais le timbre de la poste est du 24 mars 1855.

On ne saurait trop prendre de précautions en affaire, et dès lors, il faut trouver bon que ce notaire veuille assurer la tranquillité des futurs.

Le retrait aux parents, en cas de mort sans enfants, est stipulé dans le premier contrat, ce qui m'a dispensé d'en faire une condition, et sauf les chiffres à débattre pour les donations, je trouve tout bien.

Je t'embrasse de cœur ainsi que bonne maman.

Tout à toi, VAYSON.

Il faudra peut-être demander des papiers à Amiens pour les titres, tant chez Lefrançois, que chez M. Deberly, et aussi aux experts de Pont-Remy, c'est ce que je déciderai lorsque j'aurai reçu les papiers que je te prie de m'envoyer et que tu trouveras dans le cartonnier de ma chambre et dans celui de Pont-Remy, dans le cabinet.

N° 9

INVENTAIRE DES MACHINES DE PONT-REMY.

1855, 31 Mars.

Battage.

2 Batteurs.
1 Grand loup.
2 Petits loups en repos.

Laverie.

1 Loup.
1 Machine à cylindre avec chaudière.
1 Machine à cylindre avec chaudière.
1 Machine laveuse.

Atelier près la laverie.

2 Peigneuses.
1 Peigneuse sans peigne.

Carderie.

1re Carde en gros.
2e Carde avec échardonneur.
3e Carde fin.
4e Carde fin.
5e Carde extra-fin.

2e Carderie.

2 Cardes en construction pour chenille.
4 Petites cardes pour chenille.
1 Petite carde extra-fin.
2 Peigneuses.
1 Métier accessoire aux peigneuses.
2 Pelotonneuses.
1 Métier à filer en gros.

1re Carderie.

2 Giraffes.
2 Métiers à réunion.

Préparation Mull Jenny.

1 Défeutreur double.
1 Pelotonneuse.
2 Petites préparations (réunion).
1 Métier grande réunion.
2 Bobinoirs.

Filature.

1 Métier à filer, Mull-Jenny 200 broches.
7 Métiers à préparation.
1 Métier à filer (échantillon) doubles broches horizontales.
2 Métiers à doubler (doubles).
2 Métiers à filer continus, broches horizontales (double repos).
2 Métiers à filer en fin (continus broches verticales).
2 Dévidoirs.
4 Métiers à filer, continus, broches horizontales.
1 Machine à percer les planches d'arcade.

Filature en gras.

1 Métier à retordre en gras.
1 Métier à filer en gras.
1 Mètier à retordre.
1 Métier en gras.
2 Dévidoirs.

Ajustement.

1 Tour en fer continu.
1 Tour en bois.
1 id. sur le même banc.
1 Meule.

Chauffage.

1 Chaudière à vapeur (simple pression).

Ici se trouve écrit au crayon, de la main de M. Vayson (Maximilien) :

A porter pour 60,000 fr.

Les garnitures des cadres....	0000 fr.	»»
Les fontes en magasin.......	0000	»»
Les peignes et peigneuses....	0000	»»
Tous les autres ustensiles.. ..	0000	»»

N° 10 Copie de la facture du mobilier industriel de la filature de Pont-Remy, communiquée par M. Maximilien Vayson.

Abbeville, 31 Mars 1855.

1855, 31 Mars. Doit M. Jean-Antoine Vayson, manufacturier à Abbeville, à M. Joseph-Maximilien Vayson.

Le matériel de la filature de Pont-Remy, se composant :

Battage.

2 Batteuses.
1 Grand loup.
2 petits loups au repos.

Laverie.

1 Loup.
2 Machines à cylindre, avec chaudières.
1 Enoreur.

Carderie.

2 Peigneuses en construction.
1 Peigneuse sans peignes, en construction.

2me Carderie.

5 Grandes Gardes.
3 Giraffes.
2 Réunions.

2 Anciennes Cardes à lin.
4 Petites Cardes, au gros.
1 Petite Carde, garniture fine.
2 Peigneuses en construction.
1 Accessoirs aux peigneuses.
2 Pelotonneuses.
1 Métier à filer en gros.

Préparations Mull Jenny.

Un Réfreuteur double.
Une Pelotonneuse.
2 Réuuions.
1 Bobinoir-réunion.
2 Bobinoirs.

Filature.

Une Mull Jenny.
7 Métiers, préparations des continus.
1 Petit métier à échantillonner, en construction.
5 Métiers à doubler.
2 Métiers à filer, broches horizontales, au repos.
2 Id. id. verticales.
2 Dévidoirs.
4 Métiers à filer, broches horizontales.
Une Machine à percer les planches d'arcade.

Filature en gros.

2 Métiers à retordre en gros.
2 Métiers à filer en gros (Jeannettes).
Un Dévidoir.

Ajustage et menuiserie.

1 Tour à chariot.
1 Banc de tour en bois à deux têtes.
Une meule.
Etaux, limes, ciseaux.
Outils de menuiserie.

Chauffage.

Chaudière à vapeur, simple pression.
Et tuyaux de conduite de la vapeur.

Et ensemble toutes les autres machines, outils, pièces de rechange, etc., etc., formant tout le mobilier industriel généralement quelconque qui se trouve dans l'établissement de la filature de laine de Pont-Remy, s'élevant en totalité à la somme de soixante-cinq mille francs, ci. . . . 65,000 fr.

N° 11 Note écrite par M. Maximilien Vayson

Au 31 mars 1855.

1855. 31 Mars.

Il faut débiter le compte de M. V. de la remise des obligations............ 274,289 fr.
id. 50,250
des billets de portefeuille. 200,000
} 524,539 fr.

Total.... 524,539 fr.

Annuler ainsi le compte de Pont-Remy qui SERA A L'AVENIR, à la manufacture .... 100,335 fr. 38 c.

Annuler mon compte personnel.. 216,229 30

Resterait donc 311,000 fr. 54 c.
sur les 519,034 fr. 86 c.

519,034 fr.	86 c.
316.564	68
835,539	54
524,539	»»
311,000	54

Mais comme les écritures sont passées jusqu'à ce jour, *on n'en parlerait pas, c'est inutile. Il faut continuer cela comme par le passé.* JEANNIN EST DONATAIRE, — *de plus* héritier légataire universel ; — *de plus*, les 524,539 fr. continueront d'être dans ses mains et après moi le tout lui appartiendra par l'acte d'institution de légataire universel.

MAX. VAYSON.

N° 12

1850, 31 Mars.

EXTRAIT DE L'INVENTAIRE DE J. VAYSON,

Arrêté le 31 Mars 1855.

ACTIF.

Matières premières, marchandises fabriquées, drogues de teinture et articles de toute espèce en magasin à Abbeville et à Pont-Remy			244,848	90
Atelier nouveau construit en 1852			12,975	16
Ouvriers débiteurs			495	»»
Payé sur la propriété, maison à Amiens			10,000	»»
Usine, rue Pados			26,774	22
Mobilier industriel, à Abbeville, valeur portée à l'inventaire 1853, pour	72,900	»»		
à déduire 10 °/₀ amort.ᵗ et intérêts 1ʳᵉ année	7,290	»»		
	65,610	»»		
à déduire 10 °/₀ amort.ᵗ et intérêts 2ᵉ année	6,561	»»		
	59,049	»»	59,049	»»
Mobilier industriel à Pont-Remy			65,000	»»
Espèces en caisse			2,194	07
Effets en portefeuille			101,649	57
Débiteurs divers au grand livre			259,424	90
Montant de l'Actif			762,408	62

PASSIF.

A déduire : Créditeurs au grand livre	6,556	30		
non valeurs et escomptes	27,480	32		
Montant du Passif	34,036 f.	62	34,036	62
			728,372	»»

RÉSUMÉ.

La balance de mon compte au grand livre formant mon capital avant l'inventaire est de	648,295	65
Balance	80,076	35

N° 13 — Extrait du livre-journal.

Report.... »»

31 mars 1855.

1855, 31 Mars. **Mobilier industriel.**

Fr. 65,000 montant du mobilier industriel de Pont-Remy, que j'ai acquis de M. Vayson, mon oncle, et pour laquelle somme de 65,000 fr. il m'a donné facture acquittée, ci . . . . 65,000 fr.

N° 14 — Extrait du livre-journal.

31 mars 1855.

(Copie extraite du journal f° 165).

Pont-Remi. **Vayson, mon oncle**

1855, 31 Mars. Fr. 100,207 58. — Report au compte de M. Vayson, mon oncle, de la balance du compte de Pont-Remy . . . . 100,207 fr. 58 c.

Vayson, mon oncle. **Divers.**

Fr. 315,242 08 c. que je lui remets ce jour, comme suit, pour solder son compte et celui de Pont-Remy :

Effets à recevoir.

Fr. 40,953 08 c., effets du portefeuille.

22 effets dont le montant est de . .	41,611 fr. 50 c.	
A déduire pour le temps qu'il reste à courir jusqu'aux échéances.	658 42	
	40,953 fr. 08 c.	ci 40,953 fr. 08 c.

Obligations de la Ville de Paris.

Fr. 274,289 montant de 220 obligations de la Ville de Paris que je lui remets, y compris 3 mois d'intérêts échus. . . . . 274,289 fr. »» c.

Somme égale . . . . . 315,242 fr. 08 c.

J Vayson, mon compte personnel.	Divers.
Fr. 209,296 92 c. que je remets aujourd'hui, comme suit, à M. Vayson, mon oncle, à valoir sur son compte ancien.	
Effets à recevoir.	
Fr. 160,584 41 c., en effets de portefeuille.	160,584 fr. 41 c.
Boulevard de Strasbourg.	
Fr. 50,250 montant de 50 obligations (Boulevard de Strasbourg), que je remets à M. Vayson comme il est dit ci-dessus.	50,250 »»
	210,834 fr. 41 c.
A déduire pour intérêts qu'il reste à courir jusqu'aux échéances des effets que je remets ci-dessus à M. Vayson, mon oncle	1,537 49
	209,296 fr. 92 c.

N° 15 **Compte de J. Vaison au grand-livre.**

1855.

1855, 31 Mars. Mars 31. — Remboursé à M. Vayson, mon oncle, sur son compte ancien . . . . 209,296 fr. 92 c.

N° 16 **NOTE écrite en entier de la main de M. Max. Vayson et remise par ce dernier à son neveu, à titre de renseignements.**

1855, Postérieurement au 31 Mars. Fils de manufacturier, j'ai pris la fabrique de mon oncle, qui m'a *donné tout le matériel* et me donnera les bâtiments des établissements de fabrique et de filature, lors de mon contrat de mariage et encore autres choses d'une valeur d'environ 200,000 fr.

Mon avoir est d'environ...

Je recevrai en outre 150,000 fr. de bien fonds et une rente sur l'état de 3,000 fr.

Pour ma famille je n'en dirai rien ici, mon oncle donnera satisfaction sur ce chapitre. Toutefois, je dirai que mon grand-père avait un parchemin de terre noble avec titres et armoiries dont mon oncle n'a jamais voulu user.

Je suppose donc que si sous le rapport de la fortune, et si surtout je conviens de ma personne, les choses pourront s'arranger, car l'objection n'en est pas une lorsqu'on peut la lever en faisant un voyage de cinq heures.

Nº 17 **Brouillon de lettre à un tiers écrit par M. Max. Vayson.**

Monsieur,

1855, Postérieurement au 31 Mars. J'ai dû parler à mon neveu des affaires d'intérêts par suite de la lettre écrite par M. Demanche, ce que je n'avais pas fait encore.

Pour la donation de 2,000 fr. de rente sur *ses biens propres*, que j'avais cru devoir repousser, ne reconnaissant pas un droit de douaire, il ne s'y oppose pas, et consent au contraire volontiers ; toutefois, il a exprimé sa surprise, car il pensait qu'on lui laisserait le soin de faire pour sa femme ce que l'amitié, l'attachement et même l'amour-propre exigent d'un homme de cœur et de sentiments bien placés.

Pour la cause du droit de retour, comme c'est moi seul que cela regarde, j'y persiste. Deux mots vont suffire pour vous faire comprendre que M. Demanche n'a pas vu les choses comme elles sont. Mon neveu *se constitue plus de* **700,000** fr. *dont la presque totalité proviennent de ma libéralieé* et échappent cependant au droit de retour. Il n'y a donc que les immeubles d'Abbeville, de Pont-Remy et de Paris qui seront soumis à ce droit, le cas échéant, ce qui n'est point présumable en présence de mon âge et de l'ordre naturel, mais qui peut arriver, ce n'est guère actuellement que 200,000 fr.

Pour *le mobilier industriel*, je n'ai qu'une chose à dire, c'est qu'en faisant son inventaire, mon neveu n'a pas eu en vue de s'abuser, c'est que j'avais offert de prendre pour base l'évaluation de 1853 ; c'est enfin que si mon neveu prenait un associé, ce dernier, quel qu'il fût, s'estimerait très heureux qu'on *lui compte* 59,000 fr. pour le mobilier d'Abbeville, et 65 celui de Pont-Remy. Sans doute j'ai dit et je soutiens qu'il arrive des circonstances où un mobilier industriel, que moi personnellement je n'avais pas compté la valeur réelle, etc., etc. Mais nous ne sommes pas tombés si bas, et le cas échant, *les fers, les aciers, les cuivres, les plombs* vendus, produiraient plus que ne présente le chiffre de M. Demanche.

En somme, *j'ai en 1850, facturé le mobilier d'Abbeville, s'élevant à* 80,000 fr., actuellement, mon neveu qui l'a amorti ne le porte que pour. . . . . . . 59,049 fr. »» c.

Ce mobilier, pour l'établir tel qu'il est, coûterait plus de 150,000 fr.

Pour Pont-Remy, c'était 120,000 *fr. et les réductions pour dépréciation, l'on fait porter à* . . . . 65,000 »»
et cependant, mon neveu a ajouté à *ce que je lui avais cédé pour* 8,000 *fr. de machines nouvelles.* J'ai moi-même, pour créer cet établissement, dépensé plus de 250,000 fr. pour outils, modèles, fonte et construction de machines.

Je ne conçois donc guère la proposition de M. Demanche.

Les choses étant comme j'ai l'honneur de vous l'expliquer, vous comprendrez qu'en fixant ainsi le chiffre remis, mon neveu a pensé être plus que modéré.

S'il fallait aujourd'hui monter deux établissements pareils, on n'arriverait pas à l'état où ils se trouvent, à moins d'une dépense effective de 250,000 fr.

Je me résume, le chiffre de la valeur du mobilier est maintenu.

Le chiffre de 2,000 fr. de rente est accordé *mais pas* sous le nom de douaire.

Je ne veux faire le don des immeubles qu'à la condiiton écrite dans la note transmise.

Veuillez avoir la bonté d'en informer M. Demanche.

Plus de 30,000 fr. (12 5 par mois, d'usage) en raison du service que les cartons rendent journellement.

A la teinture du matériel pour plus de 4,000 fr. en chaudières et accessoires ; un manège, des tondeuses, des retordoirs, une presse, un lisage, valeur d'au moins 12,000 fr. ; les plombs attachés aux métiers pèsent plus de 18,000 kil., et la valeur vénale est de 11,000 fr. ; les mécaniques Jacquard, avec leur garniture et collets, etc., valent, à 30 fr., valent 8,000 fr.

Je mets au défi le plus habile, d'établir un mobilier pareil pour 150,000 fr., et tel qu'il est, il en vaut un mobilier tout neuf; et j'affirme que les matériaux qui le composent, considérés comme matière réalisable immédiatement, produiraient plus que l'estimation donnée. Un seul exemple suffira : les cartons des dessins vendus au poids, produiraient 6,000 fr. au moins, et les plombs seuls des métiers, 12,000 fr.

N° 18 État du mobilier dépendant de la succession de Mme Vayson, et décharge de ce mobilier par J. Vayson.

1856, 30 Juillet. Etat général des objets livrés à M. J.-A. Vayson, légataire universel de Mme Piretti, épouse de M. Joseph-Maximilien Vayson, décédée le 14 juillet 1856, par mondit J.-M. Vayson, qui, par contrat de mariage, retient la jouissance de la maison d'habitation, située à Abbeville, laquelle avait été cédée à son épouse.

Mobilier provenant de l'appartement de M. Jacob, ancien chargé d'affaires de France en Italie, qu'il occupait rue du Faubourg St-Honoré, n° 105, en 1815.

Suit l'état du mobilier terminé
par le paragraphe suivant :

Je soussigné, Jean-Antoine Vayson, déclare avoir reconnu et trouvé exact l'état ci-dessus et sur les deux feuillets précédents, que j'ai paraphés, ainsi que les objets qui y sont indiqués et en avoir reçu la livraison des mains de mon oncle, M. J.-M. Vayson, époux de Madame Anne-Rose-Marie-Antoinette, ma chère tante, qui m'a institué son légataire universel, en ai donné quittance et décharge à mondit oncle, en ma qualité d'héritier.

Fait double, à Abbeville, le 30 Juillet 1856.

VAYSON. J. VAYSON.

N° 19 Arrangement relatif à la succession de Mme Vayson.

1856, 7 Août.

Les soussignés, Joseph-Maximilien Vayson, propriétaire demeurant à Abbeville et Jean-Antoine Vayson, manufacturier audit Abbeville, ont exposé ce qui suit, et arrêté leurs comptes respectifs qui, approuvés, les libèrent mutuellement.

M. Joseph-Maximilien Vayson a vendu, par acte reçu par Me Tourain, notaire à Paris, la maison d'habitation qu'il avait acquise de M. Dorval, à Mme Piretti, pour la somme de trente mille francs, ci. . 30,000 fr. »»

Sur lequel prix, il a donné quittance de celle de quinze mile francs, ci . . . . 15,000 »»

Il lui reste donc dû quinze mille francs . . . . . fr. 15,000 »»

M. Vayson ayant contracté mariage avec Mme Piretti, a reçu en donation, en cas de survie, l'usufruit de ladite maison, ainsi que tout ce qu'elle pourrait y ajouter ou y faire construire.

Par son testamment mystique déposé, entre les mains de Me Lanier, notaire à Abbeville, Mme Vayson a institué pour son héritier M. Jean-Antoine Vayson, qu'elle a institué son légataire universel. Ce dernier a en conséquence été envoyé en possession de tous les biens appartenant à Mme Vayson, qui était mariée sous le régime de la séparation de biens. M. Joseph Maximilien Vayson lui a donc fait remise de tous les titres, droits, biens, immeubles et meubles appartenant à sadite épouse, décédée le 14 juillet dernier.

Du relevé des dépenses faites pour améliorer ladite maison, provenant de M. Dorval, il ressort que mondit M. Joseph-Maximilien Vayson a fait des avances considérables, lesquelles ont été payées par la caisse de la manufacture de tapis. Ces sommes, en y comprenant divers payements faits par Mme Vayson, s'élèvent à soixante-trois mille cent six francs quatre-vingt-seize centimes, suivant détail ci-bas :

Extrait du débit du compte de M. J.-M. Vayson, sur les livres de la manufacture de tapis, de 1838 à 1856.

1855			fr. c.
Janvier	19	Legras, vitrier, son mémoire	120 »»
Mai	8	Dupuis, ferblantier,	107 78
			227 78

		Report. . .	227 78	
Juin	8	Dorival, menuisier,	25 »»	
Juillet	8	Lescarmoutier, serrurier,	339 »»	
	»	id. id.	300 35	pour le bâtim[t]. neuf.
	30	Duval, plombier,	77 50	id.
Septemb.	17	Mathurel,	484 »»	charpente.
Décembre	18	Duval, plombier,	46 26	bâtiment neuf.
	24	Prot, paveur,	107 »»	pavage de la cour.
1834				
Janvier	9	Raullé,	74 »»	fournitures et taille de pierre des remises.
	10	Lescarmoutier,	126 »»	serrurerie.
	15	Dubos, maçon,	507 »»	remise et cuisine.
	28	Legras, vitrier,	22 »»	
	29	Sangnier père, tapissier,	22 50	
Février	4	Couverture de la remise,	342 »»	pour la remise.
	5	Delignières, briquetier,	934 65	id.
	6	Leclerq-Hubert, md de fer,	69 75	
	12	Hénoque-Gardien, (bois),	29 57	
Juillet	1er	Leroy, peintre,	80 »»	peinture du salon.
	1er	Dorival, menuisier,	930 60	
	7	Briet-Germain,	28 15	
Novembre	12	Demellier, ferblantier,	155 »»	bâtiment neuf.
1835				
Septembre	9	Courtois, serrurier,	14 »»	
1836				
Janvier	15	Legras, vitrier,	17 90	vitrage de 2 croisées, chambre de M. Jacob.
	27	Jumel, couvreur,	41 »»	maison d'habitation.
1837				
Avril	7	Galand, menuisier,	35 »»	2 croisées, chambre de M. Jacob.
Septembre	25	Daumalle, peintre,	37 »»	
Novembre	9	Doucher, peintre,	87 »»	
1838				
Mai	22	Daumalle, plafonneur,	148 »»	
			5,306 19	

		Report. . .	5,306 19	
1838				
Octobre	27	Daumalle, plafonneur,	145 »»	
1839				
Novembre	7	Normand,	140 »»	2 cheminées en marbre
Décembre	6	Boizard, charpentier,	230 »»	
1843				
Mai	27	Vimeux, architecte,	1,000 »»	à compte.
Août	8	Vimeux, id.	1,000 »»	id.
Septemb.	13	Boizard, charpentier,	279 »»	démolition de la maison d'habon
	23	Déblai de décombres,	27 20	
Octobre	30	Duval, plombier,	41 50	
Novembre	7	Tronchon, maçon,	472 20	
1844				
Janvier	10	Sangnier, tapissier,	300 »»	
	11	Boizard, charpentier,	189 60	2e bâtiment, maison d'habitation
	11	Boizard, id.	10 50	refend dans l'écurie.
Février	10	Legras, vitrier,	141 »»	
	19	Delignières, briquetier,	1,124 05	
Mars	23	Duval, plombier,	40 »»	
	»	Dorival, menuisier,	386 »»	
	»	Galland, menuisier,	1,851 26	
	26	Prot, paveur,	210 »»	
Avril	30	Jumel, couvreur,	485 20	
Mai	23	Dufourny et Chivot,	1,067 35	
Juin	14	Freville-Dupuis,	159 »»	
Août	7	Vimeux, architecte,	642 »»	
	19	Briet-Germain,	235 »»	
1845				
Février	21	Boizard, charpentier,	59 95	
	»	Tronchon, maçon,	212 80	
	»	Duval, plombier,	193 44	
	»	Delignières, briquetier,	200 30	
	»	Jumel, couvreur,	201 63	
	»	Dufourny, marchand de bois,	302 73	
	»	Leroy, plafonneur,	566 »»	
	»	Sangnier-Dubois, tapissier,	213 »»	
	»	Leroy-Marcourt, peintre,	330 »»	
			17,843 90	

		Report . .	17,843 90	
1845				
	»	Savary, plafonneur,	175 »»	
Février	24	Mazure et Breton,	7 25	61 pièces en bronze pour l'escalier.
Avril	2	V. Vogt,	84 »»	chassis à rideaux et carreaux de faïence.
Avril	3	La Cie d'assurance acccorde 1,520 fr. pour réparer les dommages occasionnés par l'incendie de l'écurie, porté au crédit de M. Vayson, 1,520 f.		
Mai	4	Frais d'acquisition,	1,000 »»	maison Dubromel.
Août	8	Savary, plafonneur,	75 »»	
Octobre	6	Courtois, serrurier,	1,469 60	
Décembre	26	Ledien, de Huppy,	1,286 »»	51,680 briques et 2,400 à paver.
1846				
Janvier	23	Dufourny,	711 55	
	»	Boizard, charpentier,	259 95	
	»	Legras, vitrier,	9 20	maison Dubromel.
	»	id.	35 50	maison d'habitation.
	»	id.	32 94	écurie.
	30	Leroy, plafonneur,	456 »»	id. et habitation.
Février	6	Delignières, briquetier,	298 25	
Mars	7	Dorival, menuisier,	725 »»	
	»	Leroy, plafonneur,	36 55	
	27	Vimeux, architecte,	303 »»	
Avril	7	Prot, paveur,	150 50	
	18	Jumel, couvreur,	412 »»	écurie neuve.
Mai	4	Maison Dubromel,	5,225 »»	acquisition.
Juin	2	Briet-Germain, quincaillier,	140 »»	
	24	Tronchon, maçon,	208 35	écurie.
	24	id.	184 »»	id.
Août	10	Leroy-Marcout, peintre,	84 »»	habitation.
	11	Galland, menuisier,	442 »»	id.
Octobre	12	Courtois, serrurier,	131 »»	id.
	26	L'acquisition de la terre de Douriez,	» »»	122,182 fr. 68
		sur laquelle Mme Vayson a payé,	» »»	101,867 81
		Différence,	20,314 87	20,314 87
			51,996 21	

		Report . . .	51,996 21	
1846				
Décembre	19	Courtois, serrurier,	314 »»	hab^on^ et écurie neuve.
1847				
Février	5	Jumel, couvreur,	374 70	maison Dubromel.
Mars	16	Vogt, de Paris,	100 »»	carreaux en fayence et chassis à rideaux.
Avril	4	Boizard, charpentier,	204 05	habitation, maison Michel et Broutta.
1848				
Décembre	16	Dubos, maçon,	162 05	habitation et ancien souffrier.
1849				
Mars	3	Delignières, briquetier,	218 50	
	»	Duval-Moroy,	97 50	
	»	Boizard, charpentier,	202 60	
Avril	4	Jumel, couvreur,	183 65	
Mai	25	Galland, menuisier,	95 40	
Février	8	Leroy, plafonneur,	96 15	habitation.
	28	Courtois, serrurier,	74 30	
	»	Galland, menuisier,	419 01	habitation et maison Michel.
1850				
Juillet	8	Fréville-Dupuis, ferblantier,	57 75	
	»	id. id.	10 80	maison Broutta.
1851				
Mars	31	Cortillion-Chérest, (plâtre),	6 »»	id.
	»	Courtois, serrurier,	37 50	id.
Avril	30	Fromentin, maçon,	91 70	id.
1853				
Janvier	5	Bachelier-Cayeux,	24 »»	carreaux à paver.
Mars	25	Delignières, briquetier,	42 90	maison Broutta.
	»	Legras, vitrier,	24 30	id.
	»	Duporge,	9 50	id.
	»	Galland, menuisier,	312 11	id.
	»	Lejeune, plafonneur,	146 20	id.
	»	Boizard, charpentier,	136 92	id.
Juillet	19	Japy frères, une pompe,	41 10	
Novembre	10	Port de tuiles,	23 20	
			54,570 49	

		Report. . .	54,570 49	
1854		4,200 grandes tuiles,	294 »»	
Janvier	2			
Mars	18	Fréville-Dupuis, ferblantier,	95 95	
Septembre	30	Dubos, maçon,	688 45	
	»	Beurrier,	350 50	puits dans la cour.
	»	Prot, paveur,	212 20	
	»	Leroy-Marcourt, peintre,	310 »»	
	»	Boizard, charpentier,	938 70	
1855				
Mars	22	Galland, menuisier,	1,332 85	
	27	Jumel, couvreur,	195 50	
	28	Vimeux, quincaillier,	66 60	
		Delignières, briquetier,	1,462 20	
		Dufourny marchand de bois,	414 11	
		Bachelier-Cayeux,	67 20	carreaux à paver.
1855				
Mars	31	Desjardin, ferblantier,	367 85	
	»	Trancart, serrurier,	44 95	
	»	Brare,	88 »»	auge pour la pompe.
	»	Quérimalo, serrurier,	206 69	
Juin	21	Lejeune, plafonneur,	385 »»	
Septembre	28	Legras, vitrier,	84 02	
		Somme égale . . . f.	63,106 96	

M. Vayson a le droit d'exiger le remboursement de cette somme, sur l'hérédité de sa femme, ce qui avec les quinze mille francs ci-dessus, forme la somme de soixante-dix-huit mille cent six francs quatre-vingt-seize centimes, ce que M. Jean-Antoine Vayson reconnait bien exact comme ayant été extraits des livres de la manufacture, qui sont en sa possession.

Mais comme toutes ces dépenses ont été faites d'accord entre M. Vayson et son épouse, et que M. Vayson n'a pas l'intention de se faire restituer cette somme par son neveu, M. Jean Antoine Vayson, donataire de ladite Mme Vayson et représentant l'un des frères de M. Joseph-Maximilien Vayson, M. Pierre-Antoine Vayson, décédé à Abbeville;

Attendu qu'en lui cédant la suite de ses affaires mondit sieur Joseph-Maximilien Vayson *a voulu lui fournir toutes les facilités pour qu'il puisse gérer et administrer la manufacture de tapis*, la somme de soixante-dix-huit mille cent six francs quatre-vingt-seize centimes, se trouve atermoiée à celle de soixante mille francs (les dix-huit mille cent six francs quatre-vingt-seize centimes se trouvent quittancés par le présent accord). Mondit sieur Jean-Antoine Vayson conservera dans ses mains, sa vie durant, sans en payer les intérêts, cette somme de soixante mille francs qui après sa mort sera remboursée à M. Joseph-Maximilien Vayson ou à ses héritiers.

M. Jean-Antoine Vayson reconnaît encore que M. Joseph-Maximilien Vayson, ayant perçu les revenus des rentes sur l'Etat, échus le 22 juin dernier, et appartenant à son épouse, a payé tous les frais résultant de la dernière maladie de Mme Vayson et ceux funéraires, que de plus il se charge de faire élever à ses frais, une pierre en marbre, sur la tombe de Mme Vayson.

Voulant par le présent accord, mondit sieur Joseph-Maximilien Vayson *cimenter l'amitié et l'attachement qu'il a voués à son neveu*, élevé et chéri par son épouse, dont les vertus, le bon sens, la charité et le bon cœur faisaient une femme accomplie, qui sera pleurée pendant toute leur vie : par M. Joseph-Maximilien Vayson, à cause des liens d'amitié, d'estime, d'affection sincère, de dévouement mutuel qu'ils se sont donnés sans bornes, depuis quarante ans de leur vie, qu'ils n'ont cessé de vivre dans le plus grand accord, dans la plus grande harmonie et d'une affection peu commune. Par M. Jean-Antoine Vayson par reconnaissance qu'il doit à celle qui l'aimait plus que s'il eût été son fils, qui a soigné son éducation, l'a formé et l'a finalement doté de tout ce qu'elle possédait.

Fait double entre les sus-dits et soussignés.

Abbeville, ce 7 août 1856.

Approuvé l'écriture ci-dessus.
Signé : VAYSON.

Approuvé l'écriture ci-dessus.
Signé : J. VAYSON.

N° 20 Lettre de M. Max. Vayson à M. J. Vayson.

Abbeville, ce 9 août 1856.

1856, 9 Août.

Voici mon cher Jeannin, les clefs des meubles de la chambre de ma très chère femme. C'est dans ces meubles que sont sa garde robe, linge, chales, etc., etc. Héritier unique et à titre de légataire universel, tu peux en disposer, je n'ai rien donné à Henriette, ni à Fauny, ainsi que d'abord cela avait été convenu, la décharge que tu m'as donnée ne le permettait pas.

Dis-moi ce que tu veux faire des meubles qui sont à Paris, car je compte louer mon logement de Marebeuf.

J'ai besoin de repos et vais chercher à calmer mes regrets, mes peines, mes chagrins occasionnés par la perte irréparable et la plus cruelle que je pusse faire. C'est plus que mon existence ; je vais donc passer quelques mois au milieu de ma famille et respirer l'air natal. Si ma santé y gagne, je n'ai pas l'espoir de guérir au moral, il est trop affecté. L'image d'une femme chérie, adorée, ne me quittera jamais, et je pourrais toujours la contempler ; il n'est pas nécessaire que j'aie aucuns des objets dont elle faisait usage journellement, ponr conserver son si précieux souvenir. Elle fut mon ange tutélaire et a présidé à mes travaux qui, pendant 40 années, ont prospéré et m'ont facilité les moyens de faire pour mes parents ce j'ai fait ; tous doivent, sous ce rapport, lui vouer une reconnaissance éternelle, car sans ses conseils, sans sa volonté qui était une loi pour moi, je n'eusse jamais fait ce qu'elle m'a inspiré, dicté.

Le temps est un grand maitre..... les morts s'oublient vite ....

Je te laisse une note relative à la tenue de ma maison ; je laisse une note relative à cet objet : je dois regretter que tu ne gardes pas Henriette à ton service, elle a de la probité et aurait pu t'être utile ; je la garde moi, à mon service, quoiqu'absent, et lui laisse 300 fr. pour ses dépenses. Elle aura soin des meubles et gardera ma maison suivant mes instructions.

Si malheur m'arrivait, tu trouveras dans le cartonnier le papier que tu m'as donné et qui règle mes intérêts avec toi, et mon testament fait d'ancienne date qui te fait mon légataire universel. JE NE SIGNE PAS LES FACTURES DATÉES 31 — 1855. J'AI FAIT UN ARTICLE D'ÉCRITURE SUR LES LIVRES, et je ferai sous peu une déclaration vraie que je te remettrai.

Je te recommande de soigner ta santé, c'est le plus grand bien que nous possédions en ce monde.

Garde-toi des mauvais conseils, car si je te fais cette recommandation, c'est que tu as bien changé depuis trois mois, et que ces mauvais conseils t'ont singulièrement influencé ; rappelle-toi souvent les conseils, les recommandations de celle à qui tu dois tout ; *c'est à elle que tu dois reporter le don de la fortune que je t'ai remise en mains.* Défie toi de ceux qui te flattent et qui t'ont poussé à mettre à jour la défiance qui ne devait pas exister. Je t'embrasse de tout mon cœur et te souhaite santé et prospérité.

Tout à toi,

VAYSON.

Nº 21

Lettre de M. J. Vayson à M. Max. Vayson.

Abbeville, 9 août 1856.

Mon cher oncle,

1856. 9 Août. J'ai trouvé sur la table de nuit les clefs et la lettre que tu m'as écrite.

J'ai vivement regretté que tu ne m'aies pas prévenu de ton départ, puisque *j'ai eu à peine le temps de t'embrasser ce matin*, mais tu as dit que tu reviendrais pour l'expertise qui doit avoir lieu mardi pour ton procès avec M. Leroy. Je pourrai donc te dire adieu avant l'absence de quelques mois que tu vas faire dans le Midi, et pendant laquelle nous pleurerons séparés, celle que nous avons tant aimée et que nous regrettons chaque jour.

Pauvre bonne maman, qui m'appelait son fils et pressait mes lèvres jusqu'à son lit de mort; elle m'a aimé, bien aimé, et dans cette longue suite de soins de tous les instants de préoccupations incessantes pour moi, elle n'a jamais manqué de faire reporter mon affection sur toi, qui t'occupais de mon enfance et de mon avenir.

Ses conseils si sages et si affectueux ont été une règle pour moi, et si tu as cru, pendant de longues années, que j'étais digne de l'affection que tu me témoignais, tu dois le croire encore, car, *je n'ai pas changé, et en examinant toute ma conduite, je ne vois pas en quoi j'aurais pu le faire, pas plus depuis trois mois, qu'avant.* Je n'ai pas reçu *de conseils* comme tu me l'écris; tu dois bien *le* savoir, mon oncle, toi que j'ai, au contraire, toujours consulté lorsque quelque chose de sérieux ou de grave s'est présenté, et il en sera ainsi tant que tu voudras bien me donner tes avis.

Tu vas chercher du repos et du calme à tes regrets, ma pensée sera souvent avec toi, et je ne crois pas avoir besoin de te le dire, car, *depuis 28 ans que je ne t'ai quitté, tu dois me connaître et savoir qu'il y aura loin de toi, ici, quelqu'un sur qui tu peux compter.*

Puisque tu veux louer Marbœuf, tu pourras expédier ici les meubles. Ce matin, j'ai vu M. Sannier, de Gorenflos, qui m'a prié de te demander si tu avais une réponse du Sous-Préfet ou du Ministre, relativement à leur affaire de sépulture. Tu les obligerais en leur écrivant.

Sous ce pli une lettre que je viens de recevoir.

Adieu mon cher oncle.

Je t'embrasse de cœur,

J. VAYSON.

Mille choses à Fanny et à Adèle.

N° 22 **Extrait d'une lettre de M. Max. Vayson, qui accompagnait l'envoi de la déclaration du 18 août 1856.**

1856, 15 Août. J'ai écrit ce qui précède pour toi seul, afin que tu saches bien et que tu sois convaincu que je ne suis pas celui qu'on dépeint, et que ma probité ne saurait être atteinte par de sales propos.

Ce que j'ai fait pour toi a dû te faire connaître ce que je suis ; c'est hors ligne, et assurément peu de pères font, de leur vivant, pour leurs enfants, ce que j'ai fait pour toi. Rappelle toi que j'aimais ton père comme il le méritait, que mon amitié est retombée sur son fils. Imite-le, mais surtout, soigne ta santé, ménage toi ; souviens-toi bien que la santé est le bien le plus précieux que nous avons dans ce monde.

Je n'ai probablement pas longtemps à passer sur cette triste terre, mais si j'avais le malheur de te survivre, je te le répète, ce serait le coup de la mort *si le fruit de mon travail de 25 ans passait entre de certaines mains.*

Je te laisse, avec les livres, une déclaration très formelle de donation que je t'ai faite, bien qu'elle ne soit pas dans la forme voulue par la loi. Si je meurs avant toi, mon testament remédiera à cette irrégularité. Dans le cas contraire, malheur dont le ciel me préserve, je l'espère, je pourrai faire valoir mes droits.

Je te prie de me donner copie de ces écrits, que tu déposeras dans ma chambre.

Je t'embrasse de cœur et te souhaite bonne santé.

Signé VAYSON.

No 25

Extrait du livre-journal.

19 août 1856.

Copie de la déclaration faite le 13 août 1856, par M. Joseph-Maximilien Vayson, *mon oncle, en ma faveur, qui régularise et confirme :*

1° *La cession qu'il m'a faite le 28 février 1850, de ses affaires commerciales, et 2° les articles passés le 1er mars 1850, pour la vente du matériel et mobilier industriel de la manufacture de tapis d'Abbeville, et le 31 mars 1855, pour le matériel industriel de la filature de laines de Pont-Remy.*

---

[18]56, 13 Août.

Je soussigné, J.-M. Vayson, propriétaire, ancien manufacturier, membre du Conseil général de la Somme, certifie et déclare avoir cédé gratuitement la suite de mes affaires commerciales à M. J.-A. Vayson, mon neveu, fils de feu mon cher et estimé Pierre-Antoine Vayson, qu'en conséquence, j'ai fait, en 1850, le 28 du mois de février, un inventaire de ma manufacture et de l'actif de mon avoir, lequel sous toutes déductions d'usage, et avec des évaluations réduites, s'est élevé à fr. 761,590 54 c., et le passif à 32,855 fr. 70 c., mais le résumé final a été réduit à l'actif net de 519,034 fr. 86 c., par suite de diverses déductions.

Que j'ai confié ces 519,034 fr. 86 c. à mon neveu pour qu'il pût faire les affaires et gérer sa manufacture comme je le faisais moi-même, capital dont il devait me servir les intérêts.

A la suite de cet inventaire se trouve un état récapitulatif et estimatif du mobilier de la manufacture, s'élevant à fr. 90,800.

Je déclare, de la manière la plus formelle, AVOIR DONNÉ, SANS AUCUNE RÉSERVE, *ledit mobilier et tout ce qui, à Abbeville, appartient à l'exploitation de la manufacture de tapis établie dans les bâtiments des Villancourt et de la teinturerie,* je promets que jamais aucune demande, ni recherche, ne pourra avoir lieu sur ce fait accompli de la part de mes héritiers.

Je déclare qu'il en est de même pour la différence qui existe, ou peut exister entre le chiffre ci-dessus et celui pour cause d'évaluation, rabais, diminutions, escomptes présumés.

Je déclare encore, qu'en lui confiant la filature de Pont-Remy, je n'ai pas entendu lui faire payer les intérêts de la valeur du mobilier industriel qui m'a coûté plus de 150,000 fr. Je déclare encore *que je veux lui donner ledit mobilier, s'il me survit; ainsi, sauf le droit de retour, en cas de prédécès*, IL EST LE PROPRIÉTAIRE *de tout le mobilier industriel qui est à Pont-Remy, mais, s'il mourait avant moi, je rentre dans ma propriété.*

Je déclare de plus, que pour les 519,034 fr. 86 c., il m'a remboursé la somme de 209,296 fr. 92 c., qu'il reste, en conséquence, me devoir seulement 309,737 fr. 94 c., SOMME QUE JE LUI DONNE DÈS AUJOURD'HUI, *mais pour entrer en jouissance après ma mort, et sous la condition que la donation sera nulle, si j'avais le malheur de le voir mourir avant moi, et encore, qu'il me servira les intérêts de ladite somme, ma vie durant.*

Je déclare enfin, que pour les bâtiments des Villancourt, ceux de la filature de Pont-Remy, qui n'ont pas été compris dans les dons que j'ai faits à mon neveu, je n'entends lui en faire payer aucune redevance, à titre de loyer ou autre; j'en réduis l'importance *aux réparations* et à l'entretien de ces bâtiments, qui doivent être et qu'on doit trouver en bon état.

Je me réserve, néanmoins, l'habitation de Pont-Remy, les jardins et les propriétés séparées de l'établissement de la manufacture.

J'ajoute, que par mon testament, j'ai fait mon neveu, M. J.-A. Vayson, mon légataire universel, et que, mourant avant lui, la présente déclaration sera inutile

Je préviens mon neveu que j'ai donné à M. Prouteau la jouissance de la maison que j'ai acquise de M. Jolly, en compensation des peines et des travaux d'écritures qu'il a faits pour moi.

Fait à Abbeville, le 13 août 1856.

Signé VAYSON.

Les loyers des bâtiments et du matériel sont portés sur une note écrite par M. P.

Abbeville.—Bâtiments	3,200 fr.	»» c.
— Matériel	8,000	»»
Pont-Remy.—Bât. et chûte d'eau	10,000	»»
— Mobilier	6,500	»»
	27,700 fr.	»» c.

No 24

Mention à l'encre rouge par M. Max. Vayson.

856, Octobre.

Si M J.-A. Vayson, mon neveu, m'avait prévenu que son intention était de transcrire la declaration que je lui ai remise, *au lieu d'un extrait de mes dispositions testamentaires,* je lui eusse donné mon testament pour qu'on pût y lire les clauses des donations.

Toutefois, je le préviens que mon testament ne le fera pas légataire universel, mais donataire à titre universel des choses à lui données par mse dernières volontés.

No 25

EXTRAIT DES LIVRES.

856, 31 Octobre.

Copie de l'article passé le 31 octobre 1856, après les réclamations de M. J. M. Vayson, *pour remettre le compte à* M. Paul Manessier.

Octobre	31		15,486 f.	90	Un an d'intérets à 5 0[0 (du 31 mars 1855, au
—	»				31 mars 1856) sur le capital du 28 février
—	»				1850, qu'il m'a confié, réduit à 309,737 fr.
—	»				94 c. par suite du remboursement de fr.
—	»				209,296 fr. 92 c. que je lui ai fait le 31
—	»				mars 1855.
—	»		9,485	72	7 mois d'intérêts (du 31 mars au 31 octobre 1856), sur la même somme, et les
—	»				intérêts ci-dessus capitalisés.
—	»				

Amiens, imp. de E. Yvert.

N° 26

RECTIFICATION, PAR M. MAXIMILIEN VAYSON, (AVANT LE PROCÈS) DE SON COMPTE PERSONNEL,
à lui présenté par M. J. VAYSON.

Rectification du compte de M. Vayson ***présenté par son neveu.***

Doit

			fr.	c.						
1855	Mai	2	225	»	Payé à Mlle H. Vayson.	1853	Mai	2	32	72
	Juin	5	675	»	Avancé à Mlle H. Vayson.		Septembre	30	183	1,233
		19	1,000	»	Payé à M. Vayson oncle.		Juin	19	80	800
		21	385	»	Payé le mémoire Lejeune.			21	82	315
		28	66,883	50	Payé chez Rodrigues.			28	80	59,525
	Juillet	6	25,000	»	Mandat sur la succursale d'Avignon.		Juillet	6	97	24,250
	Août	1er	70	»	Mémoire du tailleur.		Août	1er	123	86
		2	41	30	Frais de transport de tapis.			8	130	53
		9	67	»	Payé le mémoire du plafonneur.			9	131	87
		31	294	65	Payé pour vin, thon, anchois.		Juillet	11	102	299
	Octobre	7	7	65	Droits d'octroi.		Septembre	8	161	11
		»	84	02	Mémoire du vitrier.			28	181	152
		12	511	55	Crédit à Wiart père, deux tapis.		Novembre	15		
	Novembre	7	118	»	Rabais sur un tapis.			15	229	1,440
		26	444	»	Tapis donné par M. Vayson, à sa nièce.			26	240	1,063
		28	50	»	Payé la portière de Marbeuf.			28	242	121
	Décembre	10	100	»	Mémoire de l'ébéniste.		Décembre	10	254	254
1856	Janvier	7	193	80	Achat de vin.		Septembre	15	229	441
		30	300	»	Tapis rendu par Dardenne.		Décembre	31	640	1,920
	Février	16	22	»	Payé pour l'éclairage Marbeuf.		Février	16		
		»	31	»	Dépenses diverses.			»	322	170
		28	66	50	Abonnement au journal.		Février	28	334	220
	Mars	10	1,000	»	Espèces à M. Vayson, pour le ménage.		Mars	10	344	3,440
		»	190	30	Payé à Geuevois, pour achat de comestibles.			22	356	676
		29	225	»	Payé à Mlle Hermandine Vayson.			29	363	816
		31			Balance des capitaux 796,162 fr. 11.			31	365	2,903,991
		»	836,109	86	Créditeur pour balance, 31 mars 1856.					
			934,095	03						3,003,437
1856	Avril	8	250	»	Payé à Mlle Hermandine.		Avril	8	8	20
		9	54	»	» l'huile de table.			9	9	4
	Mai	24	19	44	» port d'un baril vin.		Mai	24	54	10
	Juin	10	37	33	» mémoire du serrurier.		Juin	10	71	26
		11	20	»	» id. du menuisier.			11	72	14
	Juillet	1er	36	»	» percale pour le lit de Mme Vayson.		Juillet	1er	92	33
		4	225	»	» à Mlle Hermandine.			4	95	213
			641	77						320

Avoir

			fr.	c.						
1855	Avril	1er	315,242	08	Balance du compte arrêté, 31 mars 1855.	1855				
		»	519,034	86	Capital confié en 1850.					
		»	22,210	»	Rectification convenue en présence de M. Malot, lors de l'examen du compte de 1856, pour la location des Willancourt.		Mars	31		Époque.
	Juillet	2	54	»	Pour briques cédées à Jumel.		Juillet	4	95	51
		10	140	»	Reçu d'Haricotte.			10	101	141
		11	1,382	»	» de Chabaud.			11	102	1,409
		24	1,260	45	» loyer de Marbeuf.			31	122	1,537
	Août	4	709	55	» vente tapis vieux.		Novembre	15	220	1,023
		28	214	»	» loyer de la maison Michel.		Septembre	28	181	387
	Octobre	10	75	»	» vente de tapis vieux.	1856	Septembre	9	527	395
		15	100	»	» id.		Décembre	31	640	640
	Décembre	6	18	»	» vente de tapis.		Décembre	31	640	3,315
		»	500	»	» vente de tapis à Dardenne.					
1856	Février	16	1,275	»	» loyer de Marbeuf.	1856	Février	16	322	24,311
		»	6,275	»	Retiré des rentes de l'État.					
		23	992	34	Remboursé les frais de lavage de laine.		Février	23	329	3,263
		28	65	»	Tapis d'occasion.		Octobre	31	579	337
		»	4,000	»	Loyer de Willancourt.	1850				
		»	20,000	»	Balance du compte de la filature.		Mars	31	365	89,790
		»	600	»	Location de la teinturerie.					
	Mars	31	39,947	75	Intérêts 5 % sur la balance des nombres.					2,876,238
			934,095	03						3,003,437
1856	Avril	1er	836,109	86	Créditeur à nouveau. — Valeur.	1856	Mars	31		Époque.
	Juillet	7	1,261	45	Reçu loyer de Marbeuf.		Juillet	15	106	1,336
	Octobre	20	220	»	» intérêt des actions de l'Entrepôt.		Octobre	20	200	440
		»	10,000	»	» pour le paiement des terres à Pont-Remy.		Octobre	31	211	26,092
		31	2,366	»	Loyer des Willancourt.					
		»	13,000	»	Balance du compte de la filature.		Décembre	31	272	35,360
Erreur d'addition de 2,000 fr.			864,957	31						63,228

Doit — **M. Vayson oncle.**

		fr.	c.							
1 0		641	77	*Report d'autre part*						320
Juillet	12	500	»	Payé pour lui, à Paris.		Juillet	13	104		520
Août	3	70	55	Facture de tapis.		Août	3	125		87
	13	17,000	»	Mandat sur Béchet aîné.			14	136		23,120
	»	407	32	Impôts de 1855 et 1856, } 270 f. 65 pour 1855, 137 67 pour 1856,	1855	Décembre	31	275	R	742
						Août	18	135		183
	»	231,000	»	Repris 220 actions, Ville de Paris.		Août	15	137		316,470
	31	14	»	Transport de papiers, de Marbeuf.			30	150		21
	»	6,778	17	Payement de terres, à Pont-Remy.	1853	Mai	24	784	R	53,139
	»	55	45	Achat de toile perse.	1856	Septembre	6	156		85
	»	44	30	Payement du transport du monument. Funéraire de Mme Vayson.		Septembre	9	159		69
Octobre	4	225	»	Payé à Mlle Vayson.		Octobre	4	184		436
	»	12	»	» à M. Merchez.						
	13	200	10	Mémoire du tapissier.		Octobre	13	193		386
	16	30	»	Payé à M. Robillard.		Février	15	321	R	96
	»	1,200	»	» à M. Machard.	1855	Octobre	8	191	R	2,292
	»	600	»	» id.	1856	Octobre	1er	181		1,086
	27	125	75	» journées de jardinier.		Octobre	29	207		258
	28	989	50	Compté à M. Vayson.						
	»	10	50	Retenue des journées employées au service personnel de M. Vayson.		Octobre	28	208		2,080
	31	10,000	»	Contrepassation de l'article pour paiement des terres de Pont-Remy, cet article ayant été réglé au 31 mars 1855.	1856	Octobre	31	211		21,100
				Balance des capitaux, 595,402 fr. 90			31	211		1,256,298
	»	616,267	95	Créditeur pour balance, au 31 octobre 1856.						
		886,172	36							1,622,519

Avoir — **Suite.**

		fr.	c.						
1856		864,957	31	*Report d'autre part*					63,228
Octobre	31	350		Location des bâtiments de teinturerie.	1856	Octobre	31	211	738
				Nombres rouges du débit. (*)					56,269
		20,865	05	Intérêts à 5 % sur la balance des nombres.					1,502,284
		886,172	36						1,622,519
		616,267	95	Créditeur valeur, 31 Octobre 1856.— Moins l'erreur d'addition.					

(*) Les chiffres marqués R sont à l'encre rouge.

www.ingramcontent.com/pod-product-compliance
Lightning Source LLC
Chambersburg PA
CBHW051930280626
47162CB00025B/2271
9782011282354